香港家書

香港家書

小思

OXFORD
UNIVERSITY PRESS

OXFORD
UNIVERSITY PRESS

Oxford University Press is a department of the University of Oxford.
It furthers the University's objective of excellence in research, scholarship,
and education by publishing worldwide. Oxford is a registered trade mark of
Oxford University Press in the UK and in certain other countries

Published in Hong Kong by

Oxford University Press (China) Limited
39/F One Kowloon, 1 Wang Yuen Street, Kowloon Bay, Hong Kong

First edition published in 2002

ISBN: 978-0-19-595782-2

This impression (lowest digit)
10

香港家書

小思(盧瑋鑾)

目錄

香港家書——代序 xi

心眼行腳

不說了 3
快活旅程 5
意筆寫江南 7
「錯誤」 12
那一夜 14
王府井大街 16
沙漠小識 18
藝術飽餐 22

24 用語心理
26 椅　子
28 設計師的心思
30 暈眩的場域
32 小城威瑪
34 主題旅行
37 豐盛代價
39 童夢一場
43 絲路歸來

吃喝一念

49 吃　蟹
51 想　粥

53 洋葱問題
55 小 吃
57 尋找信遠齋
61 打開咖啡館的門
63 我數咖啡館
65 還未入門
67 找尋咖啡店
69 咖啡「雜」談
71 且說茶
73 想 閒
75 茶香且助安眠
77 味精之過
79 大紅袍茶園

數碼網影

手稿 83
遙控器 85
數碼影像出現後 87
網 89
感恩與憂慮 91
我與娜拿的掙扎 93
誰主浮沉 97
娜拿的餘波 99
識字文盲 101
為《香港文化照相機》寫序 103

香港家書

服　老 107
香港身世 109
揀一塊磚 111
一九九六年十二月十一日紀事 113
聲影重溫 115
六十萬人中第四類人 117
丁丑解牛 119
去開眼界 121
郵展會裏 123
生　日 125
記那一夜風雨 128
說劫求福 130

往事 132
寅説 134
賣去的鐘聲 136
天地復仇 139
舊影朦朧 141
敵人何在 143
試看日落 145
店的追憶 148
十年暗換 150
敬悼舒巷城先生 152
東海故事 155
徬徨 157
石龜故事 159
話説灣仔 162

香港家書——代序

傑哥、三嫂：

一九九七年七月初，我私心許下諾言，要寫一封長信給你們，大概有點總結報告的意思——向兩個離開了香港仍然關懷香港的老香港人，做一次香港身世大變化的撮述。怎料，一場臨門大雨，沖得我心情歷亂。日子一天天過，混沌、喧囂、紛擾，對像我一般需要十分理性、資料充足、甚具條理才執筆的老頑固，實在為難。要寫報告，自然寫不成了。

一九九七年六月三十號，我做了一件極笨的事，搭巴士由中環去堅尼地城，由堅尼地城去中環轉車去跑馬地，再由跑馬地轉車去筲箕灣，也就是說香港北岸主要幹道上，由西到東遊了一次車河。說笨就真是笨，李碧華聰明、敏感，她坐電車——你們當記得少年時代，遊電車河成為香港人主要消遣娛樂節目。我又極愛電車和那叮叮的聲音。但那天重要關頭，我卻竟棄而不坐，轉轉折折坐了巴士，真是陰差陽錯。看了李碧華《六三〇電車之旅》，我痛切反省，當日何故不坐電車？結論只能歸咎潛意識裏，我反抗大部份電車不再用「叮叮」，用上汽車「砵砵」響號，「叮叮」是老香港的「訊號」——是許多香港人記憶中的市聲，清脆鈴聲，緩慢、穩重，午夜進廠前又帶了點淒涼。改用「砵砵」響聲，就與身世不符。

一九九七年七月二十五號，我到中環海傍政府大樓去拿「中華人民共和國香港特別行政區」護照，在那小公務員面前，流着淚，感動而興奮，然後一邊走一邊流淚。回到家，拿着深藍色封面熨金字的小冊子，傻裏傻氣笑着拍了一張照片：「立此存照」。一個從沒拿過BNO，每次出外旅遊，在外國海關入境紙條上十分委屈填上「British Subject by Birth」〔英籍（香港）〕幾個字的香港人，這幾滴淚，一個笑容，盡在不言中了。

二〇〇二年七月一號晚上，朋友安排下，我會在灣仔會展中心看煙花。自那年煙花特別多之後，對海上發放的璀璨，又一下子復歸沉寂的場景，我已經感到膩了。從前一年一度放煙花，只因怕人多，不肯擠在人群中看熱鬧。偶然一次路過半山，適逢燃放，半天通紅，轟轟回響聲，把我扯回童年大炸灣仔的記憶裏，那一夜，我就做了個夢：海上逃難，在船上回頭看見灣仔在滾滾火光之中。好幾年，我都迴避不去看煙花。可是一九九七後，一連五年，我都在最「前線」看煙花。撲面而來，罩頭而下的花火，震動心房。我每一次都往後退，撫着急跳的心，腦袋卻空空如也。

每一次我們通長途電話，你們總會問：「點呀，香港？」在多倫多，電視上天天都可看到香港新聞，香港怎樣？你們問的是我的感覺多於實情現況。我的答案往往是：「好熱囉」、「好濕呀」、「係銅鑼灣過馬路要捂住個鼻」……長途電話費便宜得叫人愈來愈不寫信，再沒紙短情長這回事，無聊話講多了不心痛。

今年我退休了，適逢香港教育大改革。心情好奇怪。多少年來，人人都説香港教育制度有問題，為以後長遠計，為下一代計，改是應該改的，但該怎樣改，沒有人——特別是有些教育「專家」，可以把話説到點子上，花腔人人會表演，悅耳而不踏實，只落得個眼花繚亂。沒有周詳計劃，為應付「求變」而推出改革大計，上上下下都心中無數。不知誰虛幌幾招，結果弄得人心惶惶——教育官員、教師、家長、學生都在惶恐中「互動」。每當我看見疲倦不堪、身不由己的盡責教師，趕路去參加教改會議、教改培訓班的時候，我就心痛。他們都是新政變法中的卒子，被逼過河，只好向前。我說心情奇怪，就是既關心它如何變，怕它變得不倫不類，有時又頓覺自己只是個局外人，理也理不來，大可兩耳不聞教育事，吃喝玩樂去也。可是，一念到「以身許教」幾十年，緣份締訂了，無由擺脫，也只好乾急中繼續關心下去。

這封家書，盡說些不相干的事，卻不是憑空製造出來的，雖沒有總結報告的重量，但算並不多摻水份。

（二〇〇二年六月二十九日）

心眼行脚

不說了

說過不再提京都，如今食言了。

三篇記人記事的文字寫完，忽然，覺得寫不下去。

京都色相，我能力能寫的早寫過了，而且寫得好的，早有人在。散文如林琵琶、詩如戴天、幽玄如雲上人，妙韻如陳輝揚、詭異如李碧華、說理如李驚山，一切崔顥題詩，已成定局。

為什麼還是念念京都？

臨行前，朋友關懷：有人怕我舊夢難圓，有人叮嚀珍重：「如夢如幻，本無生滅」，有長者賦詩羨我，有師友妒得掩耳不聽……可是，他們都不明白，我去的原因。

我多盼望那京都舊夢，在此行中一下子全碎了：她跟二十年前不一樣，早已追隨時代潮流換了新顏，拆毀了老街舊巷，僅存的又漆得大紅大綠，現代化的叫嚷，令古老傳統高雅品味全失，理直氣壯地淪落風塵。我會多「快樂」——當然，這是自私而醜惡的快樂。

但，不。我的舊夢沒有碎，只是帶給我更苦澀更不堪的滋味。

老店依然待在原來的街道，庭園殿堂依然舊時風采，不動聲色的維修保養就是叫你以為她幾百年沒有變過。現代化不是沒有用上，用紫外線免費為飲水勺消毒。公共汽車上錄音及閃字報站名，一切變得更方便更為遊人着想。

夢，更清晰，竟然向我現實的記憶挑釁，你看，桃花依舊笑春風。

失梅用桃代，已經無奈之極。眼下又見桃之夭夭，灼灼其華，這種苦澀，恐怕別人難於理解。還是不說也罷！

（一九九四年七月二日）

快活旅程

你又出外旅行去了！

請你嘗試扔掉那自加的千斤思想包袱，好山好水，儘管放眼看，別轉彎抹角尋思什麼文化歷史，別無端白事勾起什麼家國聯想。花錢去旅行散心，快活快活就是了。

好。我就選條山山水水、古堡聖地的旅遊路線，不預備文化功課，純去吃喝玩樂，飛機旅遊車上，睡完又睡，好個世紀末情懷。

古堡格調真好，中國沒有這種建築，叫人想起的只是白雪公主、睡公主、仙履奇緣、古堡藏龍、或者吸血殭屍。路德花地瑪，聖地和朝聖者，沉靜乾淨，一套套宗教故事與儀式，陌生而遙遠，與我無干。

旅遊車穿州過國，我是睡睡醒醒。

咦？尼斯湖沿岸風光，怎麼會有點似富春江或者千島湖？不，不，人家文學作品惹來的是隻水怪，你就想想水怪。水怪呀，什麼樣子都可以。

咦？路德廣場上，幾千人的燭光晚禱，請高舉手中燭……幾千人罷了，排隊入場費時幾十分鐘，怎似得……不，不，人家多是祈福祛病，純屬個人與神的關係，別扯得那麼遠，你就想想病腿者能站起來，把扶手杖拋去的歡欣罷。

咦？唐．吉訶德和他的長矛，風車呢？也許在，也許不在。他兩眼翻白；大概一陣激戰剛過，又或者他剛在山頭看見兩隊軍隊——迎面走來的兩群羊。對，旅遊車路過平原，就有許多羊群。

睜開眼，平原一畦畦向日葵，睡夢裏，江南油菜花正燦爛。睜開眼，大草原牛羊悠然吃草，睡夢裏，風吹草低見牛羊。

睡睡醒醒，我走了幾千里路。快活不快活？你說呢！

（一九九四年八月十二日）

意筆寫江南

四月，我打江南走過，看，春色如許。白玉蘭開了，梅開了，櫻開了，柳仍嬌慵，桃花也遲延步履，西湖畔春痕尚淺。如果這回只為尋色相而來，未免失望，但西湖之外，尚有人間風貌，山水多情。

春風十里揚州路，這裏總沒辜負遠道而來的訪客。那天，瘦西湖雲淡風輕，可是我卻裹着重衣厚袂，走在絲絲柳線的堤岸上，卻有暫閒的輕快。小舟泛過，我沒追問二十四橋還在否，蓮花橋影已深深淺淺印在遊人的笑臉上，印在心間。至於各式樓台，早給年輕的朗朗笑聲掩蓋，因為那一天，正是學生春遊的假期，孩子們穿着紅色運動服，臉上綻出歡樂笑容，不畏生地向陌生人招呼，成了一幅流動青春圖畫，這是古代詩人沒寫過的。揚州早應向「青樓薄幸」的名聲作別，在這裏理該立此存照。

不寫蘇州，卻牽念着城外東南二十五公里的水鄉甪直。「人家盡枕河，水巷小橋多」，清晨時分，溫煦陽光正照在正陽橋下，我才真正體會什麼叫做「波光粼粼」。婦人蹲在堤階洗刷馬桶——是，是馬桶，家家戶戶都把洗得乾淨、雕花細緻的木馬桶放在門外曬，還伴着紮作也精巧的瘦長竹刷子。婦人蹲在堤階上洗衣服。百年老店的小街，走着挽了竹菜籃，頭碰在一起拉家常的女人，小吃店冒着爐火白煙，老師傅笑口盈盈地賣早點。我倚在和豐橋的玉白花崗岩橋欄邊，撫摸已經模糊了的浮雕，生活呀！自宋初建成的橋，給日出日入的百姓作證，只有平淡而真實的生活，才能把歷史好好傳承下來。每當看到許多旅遊名勝，竟蓋起什麼漢街宋城的偽裝風景，就不禁想起：怎麼沒有人為這些真實的庶民生活作改善，然後連人帶地保留下來？

莊重而悠閒，踏實而愉快，是甪直人給我的印象，走過卵石鋪成的小街，我深深抱歉，這個外來人，打擾了，對不起。

說甪直，我是有備而來，但富陽縣城南二十公里的龍門古鎮，卻是一次意外的邂逅。

本地導遊說等一等，要等一個本鎮長大的孫家大姐來帶我們進去逛，千萬別走散，我來了多次還是認不清路。會那麼「嚴重」嗎？我的疑惑，自走進第一座廳屋後，就完全解開。我們不是走在街上的時間多，卻竟穿堂入室，一屋過一屋地遊走，一下子在人家的廳房，一下子又到了小石卵鋪砌的狹巷小弄裏，真是不辨東西。龍門人說：「大雨天串門兒，跑遍全村不在露天走半步，回到家來不濕鞋。」這種人際的親密，都市人如何明白？

在明清的木構建築群裏，處處見到庶民工匠的巧心妙手。大祠堂棟樑窗柱都是精緻木雕，特別是「百獅廳」的樑柱上的百頭姿態各異的獅子，更栩栩靈動。其餘的戲文、花鳥，在「山樂堂」裏就更豐富了。我們在匆匆中，仍忍不住放慢腳步，細細觀賞，只見婦女們卻低頭工作——祠堂早已成了輕工業加工工場了，那就是生活。但不是說龍門鎮已列入重點文物保護單位嗎？喏！另一座小祠堂剛在前幾天燒了，一堆大大的焦木還在地上，我走近去，想像一條橫樑曾刻過的花鳥蟲魚，在火中冉冉成煙飛升。一個鄉民嘴角叼着一根香煙，在木構建築群中走過，若無其事。

義門牌樓，標誌着許多義勇故事，但如今它的破落荒涼，究竟有沒有象徵意義呢？走過一堵堵裂紋斑駁的牆，拍了一些照片，我害怕，有人嫌它們老，拆掉它，再建一座什麼明清小鎮，或者熱心過了頭，把它裝紅飾綠，一切庶民的智慧，就完了。

「此地山青水秀，勝似呂梁龍門」，別了，龍門古鎮，從此我又多了一重牽掛。

此行不止為尋春訪翠，重點還在為了看崑劇。

我不懂崑劇，卻愛看。只有江南山水，才能育成這樣子精微神妙的戲劇。我喜歡精微，我深愛細膩嚴謹，那一回眸，那一掠眉整鬢，就已經一生一世。

好幾個折子戲，由江蘇省崑劇院、浙江京崑藝術劇院的主要演員為我們演出。「紫嫣紅開遍」，一切盡在寫意摹描中。

那夜，看姚傳薌老師執手教演的《牡丹亭》，王奉梅是杜麗娘，還是杜麗娘是王奉梅，我已分不清了。手、眼、身、步，妙曼含情，「遊園」、「驚夢」、「尋夢」、「寫真」、「離魂」，層次濃淡，都在她細緻變化中，微微演就。不能多一分，不能少一分，優美身段，哀樂眼神，匆忙大意的現代人，怎能承接得到？我們乘高速的飛機，到了江南，把外邊一切忘卻，來看這傷春女子，刹那間，時空錯置，也算一場驚夢。怕只怕，所謂時代節拍的喧嘩，使這優美高雅的藝術，回生無證，只有善忘的民族，才會找出種種藉口，去遺忘美好傳統。舞台上，舞台下，都是愁腸百結。

江南春景，給歷代文人寫了千年，還是寫不盡。夢入江南煙水路，執筆之際，才覺夢也無憑。畢竟，城市人能記取的春色，就是這點滴了。

（一九九六年四月）

「錯誤」

我打江南走過，暮春三月，花還未盛，碎石卵的弄里小路上，沒有踏踏馬蹄聲，假如你以為我要寫的是詩情畫意，那肯定是另一次不美麗的「錯誤」。

我寫的是：馬桶。

清朗的早上，江南小鎮的尋常門戶，婦女正展開一天的生活；在門前河邊洗衣服、洗馬桶。

一個紮作細緻的竹刷，握在手裏，均勻攪動。刻花精巧、木紋快已隱去、顏色斑駁的鼓形馬桶，半浮在水上，轉了又轉。都市人駐足看，婦人偶爾抬頭，也沒有半點訝異，大概心中有數：又是些沒見過世面的城裏人。

我站得近，以為會看到許多不潔，但並不，也沒臭味。婦人洗畢，把馬桶提在手裏，走回家門。弄里旁，木門外，就每家都擺放着不同花紋的馬桶。

我們探視了一家又一家的古老民居，撫摸木桌木凳、木碗櫃、釀酒瓮，像參觀民俗博物館，然後讚嘆不已：唉！美啊！好啊！多古樸呀！你看，馬桶雕花多精巧！唉！這些古鎮一定要好好保留，連人帶屋保留下來才好。

一群都市人就如此興奮地走過江南。

哦！是的，是的，該保留。誰都在點頭。你坐過馬桶嗎？吓？沒有。你洗過馬桶嗎？吓？沒有。馬桶放在屋裏哪個角落？吓？放在廁所。吓？屋子裏有廁所嗎？放在床邊吧。吓？床邊……家裏誰負責每天洗馬桶呢？當然是女人啦！吓？為什麼當然是女人洗……

半開的店門內，男人在製馬桶，手工顯然純熟，但桶身沒有雕花，型制還是不錯。我想買一個回香港，瘋了！有人終於買了一把馬桶刷，據說掛在牆上當裝飾。

這都是美麗的「錯誤」。

（一九九六年四月二十六日）

那一夜

炎夏，京都之夜，竟泛涼意，感覺很陌生了。

夜色中，二條城在泛光燈照耀下，如歷史幽靈矗立，沒想到借宿一宵的旅客就在二條城對面。

深夜，街頭是一般應有的寂靜，最後一班公車還未經過。站旁木凳坐着搖扇納涼的老婦，連一眼也沒望我。鬧，就是這個樣子。這兒不是旅遊名所，普普通通一條街，店門都關上了，只剩二十四小時服務的超級市場開着。進去看看，沒準備買甚麼，這類店從前沒有，好奇，看看而已。一股不屬於超級市場應有而又十分熟悉的氣味，朝面衝來，喔！田舍煮！蘿蔔、魚蛋……煮成一鍋的好東西，原本只在寒冬才供應的小吃，怎會在超市冷氣中出現？忘記剛吃過飯的飽滯，立刻指指點點買了一盒，店員十分周到，筷子、芥辣齊備。我拈住這袋零食，繼續散步！

沿街一列低矮木構建築，是些小商店，都滅了燈火。只剩一家，關上門，卻亮着淡黃的燈。嘩！櫥窗全放着日本土紙藝製作大睡貓。晚上十點多鐘，當然不做生意，死啦！怎辦？過不了非佔有不可的欲念關。我徘徊良久，深信店主必是前鋪後居（京都舊店多如此），也深信京都店主仍滿人情味，且店外有小牌寫着，可按鈴叫人。阿慧知道，不試試按鈴，我心不死！她就按鈴了！

果然，屏風後人影掩映一陣，有個中年男人出來，我們隔着玻璃指着睡貓。這是最決定性一刻，他的面容叫我放了心。點點頭，帶着極禮貌的笑，一邊把上衣鈕扣好，一邊走出來開店門。

三隻京紙工藝大睡貓，就如此屬我！

如果，那不是京都，如果我不深信京都人會開門，如果阿慧不按鈴……呵！呵！

（一九九七年九月九日）

王府井大街

進了廣場大門，抬頭只見不鏽鋼巨柱反映着耀眼燈光，「如同白晝」已經是太不誇張的套語，城市人本能地調校了自己的瞳孔。天井型的空間，讓人仰望層層高度時自覺是隻井底之蛙，當然蛙沒法如我看到那麼廣闊的光亮。圓形的層樓陣佈着的是世界各地名店——英文字母合成的店名，香港人就是不懂唸出來也不會陌生的。

我告訴自己：這裏不是太古廣場、時代廣場、置地廣場、新世紀廣場……這是北京王府井大街上的新東安廣場。

這個老地方，幾年前我來過，二十年前我來過。東安，這名字，對一個讀現代文學的人來說，自然不是個陌生詞彙。記得第一次走進去的時候，給那昏暗燈光、怪異而不熟悉的街市氣味所迷惑，在人們深沉衣衫顏色叢中，我幾乎以為自己接近了歷史。

以後每次到北京，總不免去走走，直到它圍着木板，夷為平地，我還在外圍走過。

農曆新年前夕，在毫無心理準備下，我走進了新東安廣場，那種新建築物特有的油漆味瀰漫着，最近大門的Burberry店內售貨員儀容端好在招呼幾個客人。我呆呆站在亮麗櫥窗前，朋友好奇問我看甚麼，我說看看價錢。

然後，我走出廣場，看見對面一列低矮舊店，才定一定神，回到北京的現實來。

第二天，老北京帶我去大欄柵，轉入狹窄舊街，這是瑞蚨祥，這些欄杆、樓梯仍是舊的，這是同仁堂……他大概已經向遊客身份的朋友說過無數遍同樣的介紹，語氣平談得很，只在說到吉祥戲院時，眼神閃着一絲溫情。

北京對我來說，畢竟還有吸引力，但一定不再是王府井大街的街頭。

（一九九八年二月二十一日）

沙漠小識

一

沙漠，我到過撒哈拉的邊沿、日本鳥取的沙丘，其實最想去的是戈壁沙漠，卻一直沒有勇氣去，猶豫的是因為自己體弱，怕敵不過酷熱天氣，更怕衛生設備不佳，如此就錯失了無數機會。

阿聯酋長國都在沙漠地帶，人們告訴我石油國家有的是錢，一切建設文明新穎，不妨去看看。

只有到了杜拜，才有在沙漠坐四驅車的經驗，也才明白在香港鬧市的平直馬路上，慢吞吞地開四驅車，是多麼可笑的一回事。在此不談坐四驅車上下顛簸的驚險，我要說的是在沙漠上廁所的經歷。

出發前，有人十分細心問：幾個鐘頭旅程中能上廁所嗎？忽然想起友人帶把傘子、穿條闊裙去絲綢之路，作為途中方便之用，我不禁擔心起來。算了，到時再作打算。

在強烈陽光下，車子跑了幾個鐘頭，沙漠泛着眩目白光，人在車裏一點不熱，空調令溫度適體，我還喝着司機送來的冷凍汽水——這叫做沙漠行走經驗嗎？不由得笑起來。可是汽水不敢多喝，廁所問題仍困擾着。

營地到了，孤零零一塊營地裸露在無邊無際的沙漠上。導遊指着營地側一個乾草搭成的小房子說：那是廁所。許多人急不及待一腳深一腳淺朝那裏跑去，我也有跑去的衝動，但——且慢，茅廁？在沙漠裏？我遲疑了，後悔在車上喝了汽水。未來還有幾個鐘頭，該去還是不去？我站在太陽底下想。

二

當然要去。不過我還是等一等，看看從裏面走出來的人的表情，再作決定。

咦！人人面帶微笑，似乎剛去完一個好地方回來，我該安心下決定了。繞過乾草籬笆，露天的等待處設有兩個附水龍頭的洗手盆，旁邊有兩扇乾草小門，那就是洗手間。我小心推開草門，哦，裏面設備跟一般洗手間沒有分別，乾淨的坐廁、水源充足的抽水馬桶，外邊的乾草籬笆只不過是偽裝而已。很安心上了一次廁所，我離開了草房子，踏在沙漠上，一步步踩着熱沙，望着無邊的沙漠，經驗與常識，一下子無法配合，好像給人家騙了，在沙漠上有抽水馬桶的廁所，未免有點誇張。

水從哪裏來？不知道別人有沒有這個疑問，團友都去玩了，我實在好奇，必得尋個真相。繞了乾草籬笆一周，在小草房位置的後邊，也正是抽水馬桶所在方位，我蹲下來，用手抓沙，一把又一把，手指都發痛了，沙還是沙。輸水管一定埋得很深，而且必然很長，才可以由有水的地方輸水到這地方來，還有排污管呢，怎樣處理？這就是文明功能和效果？

一個有過中國沙漠之旅經驗的團友，怎也不肯聽信我的話。我說你先進去洗洗手也好。她終於進去了，洗過手探頭去看看廁所後，就毫不猶豫地上了一回沙漠廁所，嘖嘖稱奇地走出來。

為了賺旅遊的錢，為了贏得遊客的良好印象，阿聯酋國家就有文明辦法，用水管，從老遠地方送水到沙漠去，又用排污管把污水抽走，讓旅客上乾乾淨淨的廁所。

（一九九八年五月十三—十四日）

藝術飽餐

十六天的藝術觀賞旅遊，真是一言難盡。

密集的觀賞，實在十分豐富，豐富得腦袋與心靈都有點消化不良。當然，也是自己體能極限的大測試。

一天上下午，不停地參觀兩三間不同性質的藝術館、博物館、展覽中心，而每個參觀點都具重要性，錯過了便可惜，怎不叫人「拚命」？——並不誇張，兩三天過後，走起路來，雙腳不大聽命，如遇空氣不流通的場所，常感暈暈地、浮浮地。館中設有座椅，是最大的意志力考驗，經驗告訴我，這非不得已，絕不能坐，一旦坐下，要起來再走，就知道艱難。團友多是年輕力壯，就算步入中年的，體力也鍛鍊有素，看他們分秒必爭，寸陰用盡的能耐，屬團中老字輩的我，怎不努力拚命追隨?

參觀點從古到現當代的藝術、設計、科技都具備了，對門外漢如我來說，是樣樣新鮮，也需由基本知識學起，已經夠忙得不開交，加上藝術家的心靈碰撞、創作品意念的推敲，有時上一件藝術品的意韻還在腦中纏繞，下一件藝術裝置已經横衝直撞闖進視線，「擠塞」得腦袋發脹。開頭幾天，貪婪不捨，每件展品都細意欣賞。可是，展館愈來愈大，展品愈來愈多，體力愈來愈不支，往後的日子，只好聽從團中專家意見，選擇精品細看，有時連精品也得流水式掠過。欣賞，必須細看，這樣子的貪婪，只能得個知字。有人買些專書回港才作補課，有人早已備課，去看真跡以圓一夢。我呢，則處處驚艷試新，耳聞專家介紹，眼觀珍品神韻，已經豐足。至於日後有沒有機會深化欣賞，不必多慮了。

在各展館中，畫冊書刊，印刷精美，價格比香港便宜，十分吸引，可惜多是德文説明，有一回，阿慧問售書人有沒有英文本，那德國女人卻用德語説：「你應該學德文。」真只好服了。

（一九九九年八月二十六日）

用語心理

到過德國好幾次，但都匆匆留一兩天，又是隨團行走，沒有單獨接觸民間。除了旅遊必到景點，算到此一遊外，其實甚麼也沒看過，今回總算多留了幾天，也有機會在街上閒逛，才對這個國家稍有一點點感覺。

早已知道英美人叫德國人做「方頭」，日耳曼民族的一絲不苟也是聞於世的，他們對自己的語言文化的尊重，——許多國家對自己的文化都十分尊重，只是態度與程度不同而已，日本人又崇洋又尊重自己文化，他們以「好客」姿態令外人認識及愛上日本，德國人卻不，硬繃繃，你來了就該認識我們！不懂德文，你活該。

一大隊人在法蘭克福，去坐電車上街。先去總站向電車司機問路，他正悠閒在車上看報紙。有人用英文問他，只見他愛理不理，用手指指一個方向，其實也證明他聽懂英文。我們仍不太明白，再問，他就不再理會了。——在日本，日本人通常會盡力了解你所問，並努力為你指引，或再為你去問別的路人。終於阿慧用德語再問一次，他卻立即放下報紙，走下車來，細心指路。也許這只是個少數例子，不能作準，但我卻留下深刻的印象。

尊重自己的語言文字，儘管有人認為德國人或法國人做法未免過了頭，可是，對自己國族文化的尊重，首先在於對自己國家語言文字的重視。小時候，讀法國作家都德寫的《最後一課》，描述了國家被入侵的人民，受壓制不許再用本國語言，師生在上最後一課時的悲慟，還是小學生的我們，也受到感染。正因這個印象太深刻，看到香港某些人——學生和家長，因自己或子女所讀學校不被認許為英文學校，悲憤與徬徨的表現時，我無法不承認，港英政府多年的統治策略的成功。

強勢的外國文字要學一點，作為應用工具，是有幫助的，但重要的是用時心理和態度。這是整個民族的尊嚴所繫，也是教育的重點之一。

（一九九九年九月四日）

椅子

在德國Vitra設計博物館裏，我看到一把椅子：整張椅子的框架用完整一條像鋁質金屬屈摺而成，靠背和坐墊則用皮革縫附在框架上。線條簡單有力，有點像電影導演坐的木摺椅。這樣子的椅子，曾在跑馬地傢俬店見過。由於動心想買，故印象特別深刻，只因太貴沒有買成。今回竟在博物館裏看見，是一件經典設計，不由得不仔細看清楚。

原來它真不簡單，一九二五年，由Marcel Breuer設計的。說不簡單是因為七十多年前的設計到今天仍給人很新的感覺，我在跑馬地看到時，還以為是新型作品，沒想到它竟是一件仿作——抄自七十多年前的名家創作。

展品中還有幾件有趣的，其中有兩把瓦坑紙做成的椅子，團友工程師坐在上面，十分舒服，她招手說，快來坐坐，好得意呀。我走近看看，瓦坑紙？先用手摸摸，果然很結實，坐下去，整個人躺靠在椅上，竟覺得那些紙很有彈性。看資料，才知道那是建築師Frank Gehry在八十年代初設計的瓦坑紙傢具系列。我忽然想起，有些露宿香港天橋底的流浪漢，早就發現瓦坑紙的好處，只是他們不是設計家，也未引起別人注意，在天橋腳下，自顧自在「享受」好了。還有一把像超級市場手推車改裝過來的椅子，一把像電燈柱改矮的酒吧椅，我們都試坐上去，玩是好玩，但並不舒服。

館中展出不同物料、設計意念新穎的椅子，到今天，還常在香港傢具名店中，看到抄襲它們風格的作品，可見稱之為經典椅子，並不過譽。

這些椅子——不能坐，卻十分精緻的模型，已經到了香港藝術中心，有空就該去看看。

（一九九九年九月十日）

設計師的心思

Vitra傢具博物館的椅子有趣，但構成它的四座建築物，那四種個性——四位著名設計師的獨特個性，更令人留下深刻印象。

我不説Frank O Gehry設計的幾何圖形結合的展館、Alraro Siza設計的工廠、Zaha Hadid設計的消防局，我只説説由日本設計師安藤設計的會議館。

出了展館，右邊有大塊翠綠草坪，遙遙可見一座兩層高、毫不起眼的灰房子。兩點之間以直線為最短，安藤卻不要行人走捷徑，一條由一塊塊方形水泥構成的石砌小路，成曲尺狀伸向建築物。這不但為了視覺美觀，而是：要工作人員走進會議館前，有一段漫步經歷，淨化頭腦，不帶進外邊的匆忙與繁囂，以清思路。繞過草坪後，接近會議館，就遇到一堵石灰混合土短牆，牆側草坪上植有幾株櫻樹，牆上不同高度隱隱印着三片櫻葉——不留神根本看不見。過了短牆，便是由兩幅短牆夾成的窄巷，窄巷盡頭就是館門。

人經過開展的草坪，忽然是進極狹窄的空間，綠柔與灰硬，形成很強烈的感覺。據說這又可一再清洗腦中雜念，要入館者把心靈完全集於一點，入得門來，館內的間隔狹窄，只憑朝向牆外公路落地玻璃採光與借景。一切設計有他的道理。充滿日本人的哲學意念。

相比之下，三位西方設計師的開展與動感——建築物充滿飛揚愉悅，安藤的收斂侷促，令人不安。與其說那是甚麼哲學意念，倒不如說，安藤自覺或不自覺間，已顯露了日本人的特質：狹隘而造作。

德國工業家能重金禮聘世界第一流設計師，讓東西方文化意念，在他的土地上展現，胸襟視野和品味，都令我感動，而四位東西方設計師的風格，也叫人難忘。

（一九九九年九月二十三日）

暈眩的場域

日本人安藤為傢具博物館設計的會議館，令人感到不安與侷促，美籍猶太人Lebeskind設計的柏林猶太博物館，叫身處其中的人感到震撼與沉重，顯示了兩個民族的文化特質，看到這兩座建築物，我上了文化思考寶貴的一課。

德國人在第二世界大戰中殘殺猶太人，戰後他們感到深深悔疚，願意不惜資財，在柏林興建一座猶太博物館，以贖前愆。最近這座設計奇特的博物館落成，我們在該館專人帶領下，進入一個歷史反省的場域。沒有廣島原爆紀念館的極盡按控拆能事的陳列，卻逼迫進入者必須屏息靜氣、步向深沉的歷史記憶與反省中。

我實在無法用文字準確地形容這座奇特設計的建築物，只能寫出它給我的感覺。

它的不同間隔，形成的空間各有含意。所有朝外牆壁上，割切式線條是透光來源，狹窄條狀光線與粗糙灰色高牆，構成隔絕與盼望的對比。其中一個幾乎密封式的室內，高三四層樓的兩堵牆夾成銳角，人站在牆角，抬頭上望，狹縫光線宛若來自天庭。每一個人都靜默了，有一兩個觀者抱膝倚牆坐在地上，整個畫面呈現着一種濃厚的宗教感——不關乎哪一種宗教，沒有任何宗教裝置、儀式，只有渺小的人與崇高的天的關係。

建築物外的荷夫曼花園，更奇特，叫花園其實並不正確。那裏只用七行、每行七條高方石柱排成的空間，柱頂植滿橄欖樹。柱與柱間僅容一人走過，地面碎石砌成小路與整塊地面成了覺不到的斜度，令人產生暈眩感覺。橄欖樹的聯想，突發的暈眩，拼湊成猶太人的歷史記憶，熟習聖經的人，到這座建築物來，一定思索得更多。

德國人讓猶太人建成這博物館，充分表現民族的自信與反省，設計者的心思也巧妙融合了歷史與現代的關係，已經超越了國族的仇怨。不知道他日正式啟用時，裏面會不會擺置歷史文物，我覺得空蕩蕩的場館，更具感染力，不着一字，意在其中，因為建築物本身，就是一座藝術品。

（一九九九年九月二十五日）

小城威瑪

對於唸中國文學的人來說，威瑪（Weimar）這個小城，可能沒有甚麼即時反應。這個名字很陌生，但在德國文學、哲學、藝術史的地位，卻是顯赫輝煌的。

歌德、席勒、尼采、巴哈、李斯特、托瑪斯曼、托爾斯泰……一連串重要名字，都在威瑪出現過，這是一個怎麼樣子的地方呢？

黃昏時分來到小城，住的小旅店地在郊外，是新開發的。在店外是一片草原，耀目但溫和的陽光，像幅拾穗油畫，寂然，是威瑪給我的第一個印象。

和歐洲許多古城一樣，市中心的廣場是個核心，外延的小街多是精華所在，遊客也自然集中在這裏，但仍是靜靜的。街角開着有陽傘的咖啡座，歌德咖啡室也在附近。廣場邊的大象旅店，二樓露台站着兩個藍色人像，據說托瑪斯曼、托爾斯泰都在這裏住過，是個名店。看門面，卻狹窄得很。不如進去吃頓晚飯，看看怎樣的文化排場。進得門來，真是別有洞天。裏面的餐廳和花園是宮廷氣派，穿旅行裝的我們怎敢坐進裏面？地庫還有個小餐室，正好容身。那頓飯不見好吃，招待與餐具卻留下深刻印象

旅遊紀念品店，擺的是各文人造像，今年剛是歌德二百五十周年的冥壽紀念，所以以他為主的紀念品特別多。我買了一本袖珍洋書，除了認得歌德一名，其他全是德文，真的是紀念品而已。歌德手植了一棵來自中國的銀杏樹，於是扇形的銀杏葉就成了威瑪標誌，片片金色葉子飾物，也擺滿櫥窗。

美術館、博物館、名人故居、書店，都靜靜的迎着遊人，遊人卻匆匆的走到暈眩。

就在這個文化精華所在地，同時也有屠殺猶太人的集中營，我們沒去看，只看了女藝術家Rebecca Horn為反省猶太人被殘害而設計的裝置藝術。

威瑪，一個豐富的文化小城，靜靜的小城。

（一九九九年十月十三日）

主題旅行

「那麼辛苦，何必跟團？」朋友會這樣説。要舒服、要仔細看，何不自己獨立安排，到目的地，住上一星期，每天看一兩個鐘頭博物館，然後隨意漫遊吃喝，細品當地風情，不是也一樣豐盛嗎？

去看那麼多博物館、美術館，或特別展館，如果自己個人行動，一定要花費許多時間去設計行程和安排交通。外行如我，更難找到適合和應去的地方。信得過的社團和專業人士安排旅程，作專題旅行，必然令我得到最理想收穫。例如今回參加藝術中心主辦的「德國藝術觀賞團」，就很有意義。重點博物館去了，同時也安排去參觀ZKM藝術與媒體科技中心和Vitra傢具設計博物館，館方還派專人導賞，又設座談會，這種方式，個人很難辦得到。加上團友都朝着同一目標而來，儘管性格自我，更是隨緣隨份，十分愜意。

比起參加那些行貨式旅行團，由於旅行社的惰性安排，導遊水平參差，團友愛好品味很難想像，結果往往很失望，也不愉快，平白浪費了大好假期。所以主題旅行觀賞團，應該是今後香港外地旅行必然趨勢。喜歡購物就去參加購物團，樂於玩到狂的就去活動團，鍾意食到癲的可入美食團，一切度身訂團，必然皆大歡喜。

從前中華文化促進中心辦過崑劇觀賞團、山西名刹觀賞團，效果都很好。我自己也曾設計了一次現代作家故居之旅，從上海出發，先後走訪了魯迅、蕭紅、張愛玲故居。再下江南，到烏鎮茅盾故居、石門灣豐子愷緣緣堂、紹興魯迅三味書屋、過富春江到富陽郁達夫家鄉，雖然匆匆一個星期，但深留印象。當年開放不久，我在上海包了一輛「皇冠」，司機在沒有路牌的泥路上，逢人問路，十分驚險。烏鎮和石門灣多狹巷小弄，汽車停在大路旁，鄉人小孩圍着看新奇，我只好趕忙走訪完畢，免得司機久候。如果現在再去，我想安排一定理想得多。

主題旅遊，別的國家已經流行了很久。香港人喜歡旅行，但不要再受制於旅行社行貨式安排：男女老幼在人人都去的土產店、機動遊戲園呆上半天，回來後人人記憶相同。應該在吃喝玩樂以外，加一些文化品味或有點個性顯現，才符合香港人「我至叻」的性格。旅行社想賺錢，也該在這方面動點腦筋。

（一九九九年十月二十五日）

豐盛代價

說「行博物館美術館行到暈」，真是一點也不誇張，今回德國藝術觀賞之旅，就證實了此言不虛。

整條街、整個區，都是重點展館，選一個館，要一天看完，已經很忙很匆促，何況趕看兩個館，那只好揀取鎮館所藏細看。可是應該還有無數出乎意料、自己鍾意的展品，總在匆匆一瞥間，留住腳步，多看幾眼，那就只好加快「跑步」走過其他展品櫥。每天又站又跑起碼五六個鐘頭，不能不算是體力大考驗。

那天去看柏林的普加文博物館(Pergamon Museum)，我就暈暈看看，看看暈暈。這個館展出的極珍貴的阿朮帝國遺物，德國人把發掘出來的整座大神廟搬進館內重建，還有很特別磚砌大牆，都是世界珍品。中學唸外國歷史，第一章就讀到新月沃壤、阿朮帝國的文明與成就，印象深刻，可卻從沒有看過實物，如今身處其中，真是眼前一亮。神廟的祭壇梯階又高又寬，跑上頂層再走下來，身矮腳短的我，每階都要把腿提得很高，吃力得很。那堵藍色磚砌，巍巍聳立，要抬頭觀賞，脖子都酸了，也把頸後神經壓住，令我每一移步都感到暈眩。加上館內很熱，步伐又急，我有點透不過氣來，於是又暈一陣。除了這兩大珍藏外，還有許多從未看過的東西，例如很像漢白玉雕的獅子、極精緻的青玉蒼蠅型耳環、大小配套的飾物匣子……雖非名物，卻極吸引，怎忍得住不看？

儘管如此「辛苦」，還是值得的，那種豐盛的感覺很好。但願我的體力，仍能讓我多跑多看幾年，暈眩也不怕，頂多放慢一點腳步，多些坐坐咖啡店，不太貪婪，看得多少算多少。要有那豐盛的感覺，就要付出代價。

（一九九九年十月二十九日）

童夢一場

我有一個童年的夢，很奢華、古老的夢。這夢牽連着一個古老的名字：通濟隆——這名字只在中國上一代航運界流行，但它的英文名字，在許多愛到外國旅行的人心中，倒曾是響噹噹的。那就是Thomas Cook。

今年夏天，報上竟看到它的小廣告：外蒙古首都直航首訪。我毫不考慮，立刻報名參加了。

此去，不是為了目的地的吸引，一切為了主辦者的名字，為了圓一個童年的夢。

故事必須從頭說起。

四五十年代，中環海旁，現在文華酒店所在地，是一座幾層高的西式大廈。大廈外懸掛了四個有一層樓那麼高的英文字：COOK，父親告訴我那是一家英國航運公司的名字，很早就在中國辦運輸旅遊業務，乘飛機、坐大洋船去環遊世界，就得「幫襯」它。環遊世界？活在貧窮社會的孩子，不懂得，回家問母親。媽媽說那是到很遠很遠地方去玩，那家洋公司收費昂貴，奢華得很。只因說起環遊世界，父親不知打哪兒找到一些世界名勝明信片回來給我看，從此，到很遠地方去玩，就得「幫襯」Thomas Cook，成了一個夢想。

漸漸社會富裕了，旅遊已成普遍消費行為。我每年總會到外地旅遊一兩趟，卻從沒有動心要參加Thomas Cook辦的旅行團。有些朋友到英國去，才再在當地入團，回來說團友都是外國人，像聯合國，同枱吃飯，交流不易，很不自然。這正是我那麼多年來不敢嘗試原因。

直到一則外蒙古首訪小廣告出現，中文廣告，說得一清二楚，「通濟隆旅行社……帶你去參觀。」我哪有放過之理？隔了五十多年未圓童夢，儘管遲了些，但仍來得及，報了名交了費，就興奮等待啟程。

朋友知道我要去外蒙古，都很擔心。那是與香港相當隔離的陌生國家，開發情況、文化風俗、人文地理，我一無所知。想找本外蒙史或社會研究資料冊也不容易。學生從網上下載的材料，提供的都是個別旅人經驗，作不了準，例如說住宿旅舍，沒有喚起床服務，但他仍能依時醒來，只因有馬敲窗。（其實這個記述，十分有趣浪漫，也是難得經驗。）不過，我並沒後悔，因為我目標不在外蒙古，而是通濟隆。我還安慰朋友，辦給外國人參加的旅行團，大概不敢馬虎取巧，何況歷史悠久，招牌要緊，應該信得過。

佩起簡單設計、毫不花巧的團章：紅底反白字Thomas Cook，我感到圓夢的真實。

八天旅程過去了，心情真是一言難盡。

烏蘭巴托去過了，蒙古包住過了，外蒙古之行，可算增廣見識。可是，「參加通濟隆去旅行」的夢，一個童年夢，卻逐天逐天給撕碎了。

不曉得是老字號老化衰退，還是在香港的分店所託非人，又也許是我盼望過久——盼了五十多年，太理想化，結果給那些「通濟隆辦團」方式、帶隊人的不負責任、破車在長途中超時七八個鐘頭的顛簸，叫我明白：夢，就讓它是夢好了。也許，夢碎的不只我一人，在一個午餐會中（那頓午餐，吃於下午四點多鐘），一位外國團友，站到台上說，他信得過的是通濟隆，所以參加了，但失望了。

圓了未圓？童夢一場。

（二〇〇〇年十月）

絲路歸來

我終於踏上了絲綢之路！

到二〇〇一年才「終於」，總有許多原因。每年暑假才有較長假期，夏日炎炎，西北火酷，我怕熱，就一年拖一年了。年紀愈大，身體愈差，信心愈欠，不去的理由更多。可是，今年，下定決心，非去不可。

西部大開發，口號一叫響，富豪步伐踏開商機路，原來的歷史文化面貌，在現代化的助力下，會變成什麼樣，很難推想。

當然，開發帶來的現代化，也有很多方便。我們坐冷氣十足、啟用不夠一個月的旅遊車，中途稍休下車，太陽火紅熱力，全身一蓋，就明白自己早已備受現代化生活寵壞。在烏吐超級公路上，遙遙看到公路旁豎着國際通用的藍色大交通牌，牌上入油、刀叉、P字母三個圖文，不禁心頭一寬。加油站的停車場，完全符合國際水準。車一停下，連忙跑向新型廁所去，絕不為了急切生理需要，而是為證實最起碼的現代化已非夢想。雖然這是目前惟一建好的中途站——小草湖站，畢竟這「示範」起了安慰作用，也讓往後幾天，那些蹲在石後草堆中方便的尷尬心情，可以生點平衡作用。走完一段向世界銀行貸款及本地籌款興建的超級公路，轉入便道——他們叫便道，其實是凹凸不平的泥沙土路，顛東簸西得頭暈轉向的時候，不禁連連說：等再過兩三年來，就會好些。今回的所謂「下定決心」，是不是下錯了？等待現代化，有什麼不好？

交河、高昌、鄯善、河西走廊、敦煌、莫高窟、嘉峪關、酒泉、張掖、武威……一切名字，變成實體。浩瀚黃沙，烈日瞇眼，一陣狂風沙暴，小島來客，不禁方寸大亂，才體驗到歷史的宏大！

我行走在歷史之間。

但一剎那間，我又從歷史聯想中給撕扯了出來。

天池，該是山明水秀，為什麼要沿山路插上紅黃刺眼的旗幟？在池邊收費處，揚聲器強音播放着香港流行曲，山水清音，莫奈他何。高昌故城人潮洶湧，駕驢車的小伙子，一面使驢一面問我們有沒有香煙可打賞，一會兒又問我們能不能出讓手錶，總是心不在焉。月牙泉為防遊人弄髒，四周全圍上鐵欄柵，月牙像籠中困獸。嘉峪關，在歷史想像中，在舊日圖片上，孤城一座，雄峻蒼涼。如今卻有許多旅遊小建築物陪襯，城牆沿邊鋪設三色彩燈，據說晚上可顯得燦爛熱鬧……。

許多旅人只管看往日留下、今天可觀的風貌，買本歷史地理資料冊參考參考，隨緣逛逛，到此一遊，也滿心歡喜。只有我這個挑剔的人，眼中有刺，到處找麻煩，弄得自己不好過。

現代化沒有什麼不好，但總該設法把古跡風貌保護妥帖，這無法不想起羅馬、雅典、洛蜀、京都……人家怎樣使用現代化的方法來保護文化遺產。管理階層的欠缺文化素養，無知與庸俗，無序而斂財，就破壞了許多歷史名物，這恐怕與現代化不現代化無關。

絲綢之路上，還有許多可觀之地，現代化設備，足讓我再老再弱些仍可以去。此際誠心祝禱：立法與管理人才的觀念都能現代化，品味和審美能力大大提升，則山水有幸，文化遺產可保了。

（二〇〇一年九月）

吃喝一念

吃蟹

其實，我並不十分喜歡吃蟹，但每年秋天，總盼望能吃上一兩回。

我喜歡的，不是蟹的滋味，而是與談得來的朋友，圍在一席上，邊談邊剝蟹的氣氛。

吃蟹有吃蟹的手勢，應該很隨便、很瀟灑，豐子愷先生寫吃蟹，就叫人很神往，那真是吃蟹老手的風采。我當然沒有見過豐先生吃蟹，他的弟子都看慣，而且學會了。那年我到上海，文彥兄嫂特地買了蟹，煮好帶到旅館來，說是請我吃蟹，實在是想向我「示範」豐氏嫡傳的吃蟹手勢。果然，談笑間自有法度，特別是吃蟹爪部份，伶俐爽快，一折一拉，整條蟹肉就脫出來。

我，這個一年只吃一兩趟的人，學了也沒有練習機會，每一次吃蟹，總是拖泥帶水，大把蟹肉蟹殼往嘴裏送，結果，吃進肚子裏的蟹肉並不多，連殼帶肉吐出來的，倒有一小丘。還有，每一次吃蟹，毫不例外的，我總會給蟹殼刺破手指頭，真是無話可說。

吃蟹，不能在外邊什麼酒樓飯館吃，最理想在家裏，招朋喚友——兩個能吃酒也不妨事，但千萬不要那些喝得窮兇極惡的，酒後胡言發瘋，會煞風景。烹蟹煮酒，明天不用上班，有充裕時間，把聚會拖得長長，話題在不知不覺間，換了一個又一個，可談風月，可笑看人間。通常，吃蟹時，我說話不多，笑笑聽聽，已經受用了。

聽人家說，有人可以把吃蟹剩下來的殼砌回完整一隻蟹的樣子，表示自己吃得精巧。我倒覺得這太「嚴謹」，破壞吃蟹氣氛，就像吃蟹時談論國家大事一樣煞風景。

近三四年，越來越想吃蟹，雖然，我不十分喜歡吃蟹。

（一九九三年十月二十八日）

想粥

真沒想到，王蒙一篇《堅硬的稀粥》會惹出無數與粥有關的文章。由南到北，從古到今，歷史的、文學的、貴族的、窮家的，簡直令人大開眼界。正如張潔在《瀟灑稀粥》裏說：「一時間想粥、講粥、罵粥、議粥、熬粥、學粥、報道粥、研究粥的強勁風，蓆捲了中國。」

那已經是一九九一年至一九九二年的勁風，熱鬧早已過去，王蒙官司也告打完，他有沒有爭得一個「說法」，恐怕不那麼重要，其他由他而起的粥學，倒看得我津津有味。

《紅樓夢》裏的粥，屬於高級享受，如此複雜「製作」，太麻煩，合不合我胃口，沒試過，不曉得，反正不會試煮。許多北方作家不約而同，講起南方——特別是廣東粥的多姿豐味，張抗抗就一一數來，說「從未見過的豐富絢麗」。我是廣東人，自然明白魚米之鄉，吃粥並不是窮玩意。難忘兒時，母親晨起煮粥，切新鮮鯇魚片或黃砂豬肝，以不稠不稀白粥一滾，稍加蔥花，香鮮之味，簡直無與倫比。

書中提到南北粥類極多，沒吃過，很想都能嚐一嚐。什麼香粳米粥、小米粥、大碴子粥，不必加肉，據説已粥香四溢。只有甜粥，我提不起勁，因非正吃。

近年，香港流行新潮粥店，卻不能滿足真愛吃粥的人，無論多貴材料，粥底糊糊全是一統味精天下，毫無個性。大碗小碗，魚肉牛肉，也不過味精作怪。吃粥，吃罷只落得喉乾舌燥。

我想吃粥，寧在家裏自己熬。冬菇草菇蘑菇切粒，另加粟米，熬好一鍋粥，吃前加生菜絲髮菜，海碗一盛，未吃先「醉」。

夜半讀罷《粥文學集》，掩卷下床，淘米幾把，下油鹽少許，以備天明煮粥。

（一九九四年十一月十八日）

洋葱問題

我愛吃洋葱，為了它，也流了不少淚。

要吃洋葱，就得切開它。切洋葱，大概不必講究刀章。高矮肥瘦，都可去頭去尾，攔腰一刀分成兩半，外衣很容易剝落。其他工序，看你要吃絲還是粒，都得細細去切。

麻煩就出自此工序上。

熟了的洋葱很甜，生的洋蔥卻很辣。越新鮮的辣氣越嗆人，一兩刀切下去，無形的辣氣就沖進鼻子，避無可避，淚水老漣漣下來。沒戴眼鏡的人，這時候還可以提起手臂，讓衣袖揩去淚水，架了眼鏡，就沒有這個方便，於是，一邊切一邊忍受淚水流下——從臉頰，流到嘴角、流到脖子，癢得像螞蟻在爬。眼睛更休說了，辛辣如針，毫不留情，視線迷糊起來，又怕刀法不靈，手指當災，心裏一急，往往快刀亂麻，草草了事。

內行的人一定笑我，為什麼不會在水喉下切洋葱，沖着水切，就驅去辣氣。我知道這竅門兒，只是廚中設備無法如此安排，非乾切不可，淚水只好照流。

看過一套紀錄片，日本一家食店，專賣洋葱薄餅，每天靠十多個女人在廚房努力切洋葱，由早到晚，不停地切。鏡頭對準她們，人人眼淚汪汪，卻切得如癡如醉。那裏來如許淚水？她們怎樣抹去眼淚？眼睛不會給辣壞了？可惜採訪人沒有一一追問，到如今，仍是個謎。

仍然愛吃洋葱，只好仍然流淚。

其實，不吃洋葱，沒什麼大不了，又不會因此營養不良，何必如此「受罪」？不吃就是。但每逢上菜市場，總忍不住買幾個洋葱，這樣，那天廚中，又難免流淚場面。煮好一盆帶洋葱的菜，抹乾眼淚，又是一頓好飯，於是，一切都是自討自受，沒話說。

（一九九五年十一月十四日）

小吃

民間小吃，充滿庶民智慧。

旅外期間，仍戀戀於失真的中國飯店或非驢非馬的中華料理，簡直不懂旅遊精髓。回內地旅行，只顧據案大吃港式海鮮，也是錯失了解民生的大好機會。

經濟開放，許多名店竟保不住自己風格，甚至有些「淪落風塵」的悲哀，光顧名店不能保證吃到稱心美食，有時隨意在街頭巷尾的個體戶小店，還可以嚐湯熱油燙的巧手飯菜。

許多中國美食家都慨嘆點心品種，日漸萎縮，甚至消失，特別是江南一帶，精緻點心包餃，恐要失傳了。

最近到江南小鎮，吃到一種菜汁團子，保證是庶民日常小吃。大清早，弄里小店已熱騰騰冒着爐火白煙，師傅在臨街的門面，擺出一籠籠鮮綠色團子，綠得太鮮太亮，城市人一廂情願以為用了什麼染色素，但一股菜鮮味叫人不能不試。走過幾步，只見婦人蹲在地上，對着一大盆熱水浸住的青菜，一把一把地用力搓絞，鮮亮的綠色菜汁就從指間滲出來，站在旁邊，也聞得陣陣菜香。多少把菜才絞得出染綠一籠團子的菜汁，但她手藝純熟，很快已經絞完那盆菜，出了汁的菜也不浪費，放在大瓮裏，加鹽加醬，便成醃菜，日常伴飯之用。

無數無名的民間小吃，不像什麼仿膳豫園的打響名堂，反而悄悄地保留着原來風味，在民間大眾生活中，純樸地存在，伴隨庶民日出日落。旅遊事業千萬不要插手打擾，為民間小吃留一點清白血統，為大眾生活保留寧靜清純。

也許，我太饞了，很擔心，許多可愛可口的小吃，還來不及嚐，就給「改革」掉，那太可惜了。

（一九九六年五月九日）

尋找信遠齋

讀到陳建功寫信遠齋酸梅湯的故事：他受海外友人所托，去找信遠齋，怎料遍尋不獲，才知道這家二百年老店，已經不起新時代的試煉，搬到偏僻的關東區去了。他說：「尋找酸梅湯的過程，真是一個悲壯的歷程。」

我倒也有與他相似的感覺。

第一次喝信遠齋酸梅湯，遠在四十多年前，還是小孩子的時候，上環永安百貨公司對面，就開了專賣冰鎮酸梅湯的小店，母親不許我喝汽水，卻容我喝這酸酸甜甜的涼水，說這由中藥烏梅製成的糖水。夏天喝了可以祛暑平肝。大概長居南方的母親，並不曉得這家信遠齋在北方很有來頭，始於乾隆年間，依了宮廷秘方炮製出這種解渴妙品，母親熟讀《本草綱目》，只知道烏梅冰糖有益而已。

第二回喝酸梅湯，卻在台北街頭。一九六二年夏天，到台灣旅遊，夏日炎炎，在街上走，熱得身水身汗。西瓜大王的西瓜，自然解渴，但街頭塵大，不敢胡亂入肚。那時節，可口可樂是貴族美軍才喝的奢侈品，黑松汽水又難喝得很，五顏六色的刨冰果汁更「恐怖」，正渴得像狗伸舌頭的當兒，忽然看見冰鎮酸梅湯，趕快買一杯，一口喝下去，遍體涼透，也沒有追究是不是信遠齋秘製了。

第三回喝酸梅湯，就在北京。八十年代初，去琉璃廠，一路逛來，在眾多古董字畫店當中，忽見「信遠齋」匾額，仿如重逢故友，走進去想飲一杯，誰料只賣濃縮瓶裝，十分失望。店員說可以買點製成餅狀的濃縮品回家自己炮製，於是買了幾盒。回到香港，開水泡之，放在冰箱，那一個夏季，過得十分舒暢。

以後，凡有朋友到北京，都犯難地請他們代買酸梅湯餅片。可是，直到十多年前，友人找不到信遠齋，說琉璃廠沒有什麼賣飲料的店。

今回親到北京，當然免不了去尋找信遠齋，誰料問過許多人，都不知道它搬到哪裏去，甚至有人根本沒聽過它的名字。

也許，不負有心人，天意助我。離開前一天，我坐車路過美術館附近，一瞥看到路旁小店閃出三個字：信遠齋。哇地叫一聲，車已遠去，也不辨路名。這怎叫我甘心？第二天大清早，我跑去美術館附近，邊走邊問人，都搖頭說沒聽過。突然，看見一位街道管理大娘坐在街角在管人，對了，只有她，一定會知道。跑上去問，果然不愧是街道管理，沒什麼資訊躲得過她耳目，依着指示，我就找到了信遠齋了。

門面光鮮，十分洋化，只有正中懸着溥杰重題的匾額，還算保留一點老店的眉目。全店賣的是糖果蜜果汽水餅食。兩個女售貨員正在開店擺貨。我急急地問：有酸梅湯餅片嗎？沖水泡開的那一種。女售貨員說：早沒製造了，那是哪年的事了？看見我失望樣子，她說：不如買些酸梅晶吧！「高級固體飲料：桂花酸梅晶。」配料嘛，不再是冰糖，改為砂糖，雖然仍用烏梅、桂花，卻多加了檸檬酸——這種化學品會把酸梅湯變成怎樣子的味道呢？但終於，我買了十大包回來。正在付錢，看見冰櫃裏有瓶裝酸梅湯，也不管大清早不宜喝冰水，立刻買一瓶，當下開了就喝。怎樣了？我竟然忘記本來朝思暮想的滋味。售貨員一邊包紮貨品，一邊説：哦！我們賣得很多，都是台灣同胞、海外華僑來買。

也許，我們都來買一種記憶而已。

（一九九六年五月二十九日）

打開咖啡館的門

世事紛繁，午夜醒來，我打開張耀寫的《打開咖啡館的門》，神遊歐洲古老城鎮的一家又一家咖啡館，有名堂的、沒名堂的。

在張耀足跡所到，在攝影機神奇捕捉下，我彷彿聞到陣陣透心入肺的咖啡香。也許，我迷戀的不是各有名字的咖啡味道，而是在淨潔街頭，擺開小圓桌、小藤製咖啡椅的咖啡館，或者，透過昏黃玻璃，圍繞着桃木方桌、歐式扶椅，我能感受的散漫氣氛。

坐咖啡館，一種十分洋式的生活文化。坐茶館，一種十分中式的生活文化，都在特異的香味繚繞間，舒解人際關係的緊張，釋放心靈的疲倦。

心靈有了自由馳騁的空間，文學藝術就會流瀉出來，歐洲多少思想家藝術家文學家，都在大大小小咖啡館裏，攪動杯中咖啡的期間產生了。

心靈流動，需要不講究效率的閒適氣氛。沒有目的，沒有計算。也許靜謐，也許熱鬧。有一點點背景音樂，很好，沒有也不打緊。一兩個朋友淺談，獨自揭書小讀，一切順其自然。甚至，甚麼都不幹，了無一事，坐看人潮。

從咖啡館座中寫作成名的阿登伯格(P. Altenberg)寫了下段話：

你如果心情憂鬱，不管為了甚麼，去咖啡館！

深戀的情人失約，你孤獨一人，形影相吊，去咖啡館！

你跋涉太多，靴子破了，去咖啡館！

你覺得一切都不如所願，去咖啡館！

你仇視周圍，蔑視左右的人們，但又不能缺少他們，去咖啡館！

午夜醒來，忽然，十分想念一家家曾經去過的咖啡館。

（一九九六年九月三十日）

我數咖啡館

香港，有沒有足以給咖啡館迷，揮霍時間的好咖啡館？

六十年代的海運大廈裏，巴西咖啡座已成文化標誌，存在一些人的記憶中，但畢竟過去了。銅鑼灣的大水壺，很局促，一向聚不了文化人。最近，路過九龍城福佬村道，竟然也有一個小型大水壺，進去一坐，不過普通咖啡店而已。

中環區，文化太熱鬧。COVA上幾級樓梯的座位，較有私人空間，但客稀的時候，侍應多指引到下層去，想坐上面，要爭取一下。美心派系不必談，人人知道風格如何。畢打行的中國茶館，下午茶時分才容非會員進去，從樓上看街景，人流匆匆，頗顯得自己得閒，可惜椅子不好坐，不舒服就坐不久。蘭桂坊，極力扮演歐洲角色，有幾家果然像樣，但當街當巷，過份自覺，又是坐得不舒服。

太古廣場裏，幾家店都人潮湧湧。La Cité，總比黑玫瑰好，不過，在不見天日的室內，張開深藍色陽傘，的確有點怪異。廣場上面大酒店，各有咖啡館，沒有什麼特點。只有「圖書館」咖啡館，倒不能不提，高高在上，對岸風光盡收眼底。英式圖書館櫃和大套頭洋書，雖然有點隔，我獨愛那把靠着書櫃的木梯。大梳化椅上坐坐，聊天頂不錯。獨個兒可坐窗旁的小桌小椅，我見過有人在寫信、看書。

據說鰂魚涌太古坊，快要取代蘭桂坊，我想還需一段時日。糖廠街雖然已經悄悄地變化面貌，可是，咖啡文化？仍未夠吸引力。

說來說去，咖啡館多的是，但具備文化氣氛的，卻不多見。友人告訴我，現在，文化人不到咖啡館，到酒吧去了。那我只好仍坐坐那些沒有文化人聚集的熱鬧咖啡館了。

（一九九六年十一月五日）

還未入門

張耀很幸福，在維也納ＡＡ——研究基金支持下，用幾年時間，遍訪歐洲各國名城的咖啡館，追尋文化名人的足跡。作家咖啡館、藝術家咖啡館、詩人咖啡館……平民百姓咖啡館，都在他筆下照相機下，引人遐思。

好的咖啡館，都在歐洲？那是歐洲生活方式，難怪他的書名副題叫：歐陸三百五十年的文化風雲。

我不愛喝咖啡，卻愛聞咖啡香，對咖啡館有一種不可解釋的迷戀。

在歐洲旅遊，匆匆路過，談不上悠閒舒泰，但仍不忘尋個機緣。坐坐咖啡館。

在巴黎，我找不到拉丁區內的「皮考佩」，只好胡亂坐在愛麗榭大道臨街的咖啡館，看着都不是巴黎人的行人，擾攘忙亂。在維也納，古老昏黃燈光的小館和羅馬街頭的陽光刺目咖啡座，我消磨了別人去逛百貨公司的時光。威尼斯，聖馬可廣場上，只在著名的「福羅尼央咖啡館」外探頭探腦，因為它太輝煌，我不敢進去。穿着球鞋、旅行服，就坐在廣場邊的咖啡館，喝起可樂來——十分沒有歐洲文化的叛逆行為，看許多人餵鴿子，看一陣騷動，滿天鴿子驚飛。我懶洋洋半攤坐椅子裏，伸長雙腿，很度假的樣子，在布拉格，做了一件傻事，坐在遊人眾多的廣場咖啡座上，與搭桌子的美國女人，一起伸了脖子等大鐘敲響。布達佩斯遊客區的一條橫街，找到落地玻璃的臨街小店，滿以為很清靜，誰料來了兩個講手提電話的本地人，不斷響着，他們在咖啡館裏十分忙碌。

張耀說：「在西方泡咖啡館是一種揮霍，揮霍的時間。要看穿光陰，忘記時間寶貴這個詞句，才有資格做一個咖啡館裏的常客。」

如此說來，我還未打開咖啡館的門。

找尋咖啡店

弄不清楚台北市的甚麼街、甚麼巷、甚麼弄，按地圖去尋，走得我神疲腿乏，仍然找不到。

我仍堅持要找！——找咖啡店。

這種不按牌理出牌的街道次序，正好描繪了城市發展的面貌，草創時期，建起民居就是沒規劃、誰先到誰排號的那副德性。

不打擾當地朋友正常生活，我不會打電話叫他們來帶路，按圖索「店」，自得其趣。

遊走於弄里之間，縱然未必找到心目中要找的店，還是有許多意想不到的發現。小咖啡店、便餐店的名字，要多土氣有多土氣，要多文藝腔就有多文藝腔。在大學附近的店，還標榜着文藝，藝術品陳列、音樂欣賞的特色。餐單也別出心裁，花茶的名字十分詩化，有一家賣的卻是「婆婆媽媽餐」。

咖啡店優雅與對門對戶的木材店、汽車修理店，看來很不調協，但小玻璃門一閉，咖啡茶香，音樂聲響，便自有天地。只是奇怪，大白天，怎會有許多閒人——青年人，很悠閒在看書、聊天。

買來兩本台北咖啡店的專門介紹書，幾乎店店有特色，很大吸引力，但如何去得完？只好選擇自己特好的了。

「布拉格」在師範大學附近，據説有一隻大狗，但弄里轉來轉去，找不到，天色已晚，只得放棄。「碩士貓」在忠孝東路，據説四個碩士擁有四頭貓，可是上得門來，招牌仍在，早已「執笠」。「door」在遼寧街九歌出版社附近，據説有十一隻貓三隻狗。果然在，但貓是十六隻，狗四隻。店主人石女士為了應付貓口日增，在店的對門二樓，另闢一層，專供貓狗生活，有心人去訪，貓狗撲口撲面，十分親熱。

我去咖啡店，沒喝咖啡，卻沉醉在閒人性格中。

（一九九七年一月九日）

咖啡「雜」談

人生矛盾很多，於我來說，極喜聞咖啡香味，卻因胃病無法喝咖啡，就是一例。

有了矛盾，必須設法調整，也只好作點讓步。懂喝咖啡的人，總講究咖啡的純度與濃度。我對咖啡因的強烈反應，就連喝適度配搭的Cappuccino也會反胃，那怎麼辦？調整方法，就是喝多加奶的Latte或Mocha。

香港一般咖啡店，沒有正式的Latte，因為沒置備泡沫牛奶處理機。當年母親在大酒店喝下午茶，就必然要一壺熱鮮奶、一壺咖啡，自己動手調配：通常是兩或三份牛奶，咖啡多少，看當天胃口而定。現在香港也偶見latte，泡沫牛奶卻因供應者的蒸汽機及濃度處理不好，同一家店，也出現時好時壞成品，我只有隨緣遇合了。

Mocha，聽說本是純種咖啡，但今天喝的，卻已經加料改「良」，那是咖啡加入巧克力和牛奶的飲品。如果天氣冷，又不太餓，我會喝Mocha，那十分厚的感覺很舒服，不必再吃什麼餅糕了。店裏芝士餅夠吸引，是無可避免的誘惑，我會喝latte或加忌廉的紅茶，淡薄一點，配起芝士餅，才見適中，也可襯出純芝士的濃滑軟。

此外，在大排檔或茶餐廳，我倒愛喝「鴛鴦」——告訴伙計，多茶少啡。這種可稱為充滿香港地方色彩的飲品，實在很奇特。極滑的奶茶，掩不了咖啡的味道。咖啡的香味，混在奶茶中，仍隱隱浮現一股「濃濃地」的威力。這樣說，並不是對大排檔咖啡不敬，而是它的確與外國咖啡很有分別。我沒調查過那些追求純美的咖啡迷，對於如此雜配的飲品，是否反感。不過，最近，我在一所很高級的咖啡店裏，竟然喝到了「鴛鴦」，水準也很高，總算是本地化抬頭的例證了。

（一九九七年三月十五日）

且說茶

竟然說起咖啡來了，太洋化，不是該談談茶麼？

中國人喝茶，是品茶，大有生活情趣，但卻由早到晚，飲得若無其事，其實不離不棄。這跟英國人飲下午茶不一樣，跟日本人茶道更不一樣。英國人放下工作，小休閒休，幾乎有點專誠去喝杯茶。日本人一稱作「道」，就變成煞有介事，極講究儀式，修養學問禮貌儀容，盡在飲茶過程中，表露無遺。喝一次茶，宛如上了一次修身課。

一般中國人，早上起來先泡一壺茶，辦公開會，也泡一壺茶，乘車坐船，攜一玻璃瓶茶，客來奉茶、飯後奉茶。飲茶，是生活一部份。且看四川人，街頭巷尾，竹椅擺開，識與不識，坐下來叫了茶，大水煲提到，開水冒白煙，龍門陣就開始。福建各地，大店小攤，一邊做生意，一邊矮桌子上備了茶具，老闆夥計，不忘抽空喝茶。

台灣和香港流行的茶藝，太講究，不是一般的中國人飲茶方式。

中國人品茶，也不是不講究，講究的是茶質水質水溫。當然更甚者講究茶壺泥質型制。好茶愈來愈難找了——據說珍品本來不多，每年出產，頂級的不會流落民間。我曾託友人的福，喝過一次極品雨前龍井，以後真有「除卻巫山」的悲哀。退而求其次又其次，還是不夠滿意，專家說茶好還要水好，香港水濁，又加了化學劑，使好茶受屈了。那裏來名泉供用？有人買法國名牌礦泉水烹茶，畢竟不是那一回事。至於一把好壺，高價買來觀賞的多，少有真的用來沖茶。

既然如此難湊合，而生活中又少不了茶，就只好隨便也隨緣。只求不太差，早上一杯熱茶，作一天開始。整日有茶，不離不棄，已經不再苛求。茶於我，就是如此而已。

（一九九七年三月二十二日）

想閒

閒而要想，就不能算閒。

近來多病又忙，人很慵倦，只想找幾個朋友在咖啡館裏坐上半天，閒聊一通。

那天在中環春回堂執藥，路經兩家外國人開的小餐廳、小酒吧，外邊塗得全紅、全藍，玻璃櫥窗擺放着一些舊物，一切並不張揚。我把鼻子貼近玻璃，看見裏面全是咖啡客，最接近窗口的一張小桌子圍坐着兩個人，一個用手指輕抹杯邊，來回來回的，是一種很有韻律而悠閒的動作，另一個背着窗，背影微微在動，似乎正在說話。

我彷彿聞到咖啡香味，想立刻走進去坐坐。但我沒有獨個兒坐咖啡館的習慣，況且我還得趕回家煮藥。穿過鬧市，我提着藥，把咖啡香留在後面。

我常說愛坐咖啡館，其實我並不愛喝咖啡，我只愛咖啡館的悠閒氣氛。精緻雅靜的、臨街接近大眾感情的，都沒有所謂。三兩友人，不談大題目，暫忘重擔子，偶涉閒言，不及人非，目光也可以游離四顧，坐姿隨便，一派無牽無掛的樣子，這才算閒聊閒情。

閒聊也得找好對手，能上天下地、博聞多識、幽默輕鬆的談最理想，最怕遇上只想做聽眾、目光呆滯的人，那種不自然的沉默局面，沒話找話說，實在難堪。打個電話，約定某人某日某時某刻到某咖啡館閒聊，那又未免煞有介事，更有點可笑。都市人十分忙碌，不期而遇的機會，實在不易碰上，於是，閒聊也必事前一番張羅，那怎說得上閒？

我煮好藥，待溫度適口，徐徐吞下，然後躺在床上，想閒——想在咖啡館閒聊的閒。

（一九九八年五月六日）

茶香且助安眠

佘大師兄有詩「茶煙且助安眠」，我讀了，感到那是一種對閒適生活的企盼，想借來一用，只是「煙」這一字不適合我，問師兄能否改一改？他說茶香吧，便成就了這句子。

許多人黃昏後便不敢喝茶，為怕晚上睡不着。我常常睡不着，卻不因喝了茶。自幼因為父母都愛喝茶——整天喝綠茶、下午必喝極濃牛奶紅茶，習慣了，我也無茶不歡，更從不會影響睡眠。我睡不着，只因日間工作過份緊張，或臨睡前正想着甚麼大問題，躺在床上就眼睜睜，像剛睡醒那麼清醒。此時，我就會起來，沖一壺濃茶，斟它一大杯，雙手捧住，湊近鼻子，讓茶香隨熱氣冉冉上升，濛濛漫着。然後淺淺喝一口又一口，清香還未散盡，我就躺下來，打開一本閒書，讀一兩行一兩頁，或者再翻另一本閒書，又讀它一兩頁一兩行，心情鬆懈，遂可悠悠入睡了。

佘師兄愛茶更愛煙。他如何愛茶，我不知道，但其愛煙之切，卻是目睹。他吸美國煙，嫌本地出售的煙味不夠濃，據說只有美國本土煙葉製成的才合格，所以凡遇熟人到美加，必望順道為他帶回幾包。我一向反對別人抽煙，但竟然也曾為他帶上過幾包。深究因由，只因他與煙成不解之緣久矣，往往見他滿身煙「香」，在辦公室外走廊飄然而過，可以想像他早已與香煙地老天荒。詩人墨客，愛月眠遲，有茶有煙以助安眠，也只好容他「雅」興了。不過，我最近還是忍不住相勸一句：珍重自身，來日方長。又何妨試試，佳茗當也有一股幽香，少了煙仍可助你安眠。

世事紛繁，能有一夜好睡，夢也不造一個，畢竟是幸福的。有人告訴我，能安眠，還是身體健康的結果，到我們這般年紀，健康生活，也是一種企盼。

（一九九八年十二月十五日）

味精之過

許多香港人都自認為美食家，又稱香港是美食天堂，要把食在廣州的歷史改寫，我倒不以為然。

近年，不知道是香港人口味愈來愈低劣，還是一般廚師愈來愈懶，又抑或是惡性循環，食客要求粗陋，廚師用心也屬徒然，結果弄得味精當道，幾乎所有上桌菜餚，味道千篇一律。不分精粗，不理菜料性質，不問情由，都重手打個味精獻汁，菜面稠稠糊糊。湯羹更不在話下，精製上湯，甚麼豬骨雞肉熬煮而成，恐已成神話。

在某些著名食家筆下，往往見到頂級廚師聽命在側，言聽計從，又或專場設計，不同款式佳餚源源奉上，吃得座上食客神魂顛倒，這已經不是吃味道，而是吃江湖地位了。平庸如我的一般街客，除了在腦海中摹擬一番外，也只好當作另一則飲食神話來聽。有人告訴我，三四人的小酌，休想吃到美味，第一級廚師只做一席的大手藝，其餘都由小徒弟上陣。這種情況，小徒弟可能學藝未精，可以當行貨炒賣，無法不借靠另一種師傅——味精是也。於是我們只有低頭舉箸，細心撥開菜面滿佈的漿糊及四周的膠水。

不必苛求吃到蘭齋江太史府的精品了，那個小廚能用心用情，不妄加味精，以恰量鹽油，適中火候，炒碟有菜味的青菜出來給我送飯，於願足矣。

也許有人奇怪，何故我有此牢騷？無他，市道不景，人人心不在焉，多半不再認真手藝，順手加鹽加味精，愈加愈重份量，吃得我頭暈心跳、面頰發麻，使我愈吃愈傷心！

香港一般廚師，請愛惜美食天堂的名聲，也請勿怪本地人竟會遠赴外地求嘗新，自己先爭氣才好。

（一九九九年一月七日）

大紅袍茶園

春風春雨寫妙顏，
幽情逸韻落人間。

暮春雨中，訪畢武夷山九龍窠大紅袍茶園，驚其幽秀，筆下一時無法寫容，只好借取鄭板橋詠蘭詩兩句，以表心中所儲印象。

大紅袍，是茶史中神話一則。秀才落難，貧病交煎，山中老人，好心送上熱茶一碗，遂把青年救活，如同一般故事發展，秀才上京赴試，得中狀元，榮歸途上，誠心謝恩去。問及當日所飲，老人言道山中並無珍品，有的不過崖上岩茶。狀元拜謝之餘，脱下大紅袍，加於四株岩茶，從此，四株茶所出，清香無比，世代成為貢品，名之曰大紅袍。

九龍窠，在山谷之中。沿路石徑兩旁，都是拔地山崖，抬頭遠望，只見石壁奇皺，變幻莫測。徑側流水清澈，漫步其間，水聲、風聲、鳥鳴，更顯幽僻。旅遊經驗中，久未見如斯風致，日本京都哲學之道，恐亦不足與之倫比。行不久，右崖中突出一小岩，團團如短傘，三株茶樹植岩上，導遊指，大紅袍是也。其一某年枯死，故今只餘其三，年產八兩，極品味珍，為國家重禮，常人難得入唇，香港人只董特首一人品過。坊間有售大紅袍者，皆偽，欺客誑人而已。怪問何故不試廣植，答云專家群策失效，只於崖下栽出大紅袍第二代，名曰小紅袍，味遠不及大紅袍多矣。岩左岩右，岩上岩下，風土應無二樣，咫尺之間，竟有優劣之差，天意神功，人力難為，信焉。

此地秀潤可喜，溪光山翠，沿崖下北向行，可至鷹嘴岩，東行可抵天心岩，為武夷茶文化旅遊路線，惜匆匆過客，無法一盡山水遊情。

作別玲瓏山翠，願無俗士毀污，以保山靈。

（一九九五年五月八日）

數碼網影

手稿

再過一段日子，「手稿」這個詞，可能變成歷史名詞了。下一代人無緣看名家手稿，要看也只能看九十年代或以前的「遺物」，一切恐已成定局。

手稿，很有人味，作家個性一一呈現。每看到發黃稿紙上，一個一個字體，不同墨跡，有修改有粗線勾刪；彷彿看見作家在冷雨敲窗、寒夜挑燈情景下的背影。

手稿，很有啟示後學作用。魯迅、沈從文、卞之琳的手稿，蠅頭小字，一筆不苟，當知名家之作，實在得來不易。一字之刪增移位，都見斟酌心血。

自從發明了塗改液，手稿面貌已生變化。現在兩岸三邊以華文創作的人，越來越多採用電腦了。電腦的文字處理，的確方便，修改移位，一按鍵盤，就把錯誤消滅了，旁人可說只見最完整、最後的文章面貌，初稿如何，簡直無跡可尋。至於字體，反正打印出來，十分齊整，是易看，卻少了個性。

有個性的字跡不一定好看，據説從前一些作家的字體，只有極少數排字師傅懂得，他們從不懂，耐心學到看得懂。現在那些植字或打字人員，特別年輕一輩，看不懂就是不懂，毫不賣賬，作家還是乖乖學用電腦，免人家吃力。據説很快會發展到打好就傳入報館電腦，連傳真也不必用，雙方都省紙。這樣子，「稿紙」、什麼「爬格子動物」，一律成為陳跡，還説有人味的手稿作甚？

時至今天，仍有死硬派堅持，以腦使手，由手運筆，創作才能順暢，也仍有戀戀於筆的文章生命感的，手稿還可存在。但，時代真的一去不返了。以後，不用電腦的人，可能活得極不方便，而下一代人，養成習慣，不用電腦就不能創作。那時候，「手稿」一詞，只能在辭典中查到了。

（一九九四年四月十五日）

遙控器

在一間古老的歐洲旅店裏，我發現了自己與電視遙控器的親密關係。

出外旅行，習慣了一進旅店屋子，就打開電視機，晚上沒有夜間旅遊節目，也看電視節目，不懂當地語言沒關係，反正畫面展示的，總懂得一點點。我特別注意的是廣告和新聞，足可猜度該地的生活水平、文化風格等等。

沒有節目表在手，好多個台播不同畫面，躺在床上，拿着遙控器轉台，閃來閃去，自可「撞」中值得看的東西。

法國路德——朝聖治病的小鎮上，旅行團住進一家古老旅店，古老得像電影裏所見二三十年代的佈景。木門木窗木地板咯咯作響，一面大鏡子照着整張床，嚇得許多團友怨聲載道。我倒很欣賞它的舊風味，打開木百頁遮陽窗，看見後街小巷人家，陽台上有男女乘涼，悠悠然的夏夜風情。

屋子很古老，但為迎來客，仍裝了電視機，老式匣子，就當然沒有遙控器了。

躺在床上，一號台正長篇大論二人對話，想看二號台，下床去按鈕，一閃廣告剛完，是足球比賽，又爬下床去按鈕，三號台正播港產打鬥片，看一會不是味道，又爬下床去按鈕，四號台播配音美國片集……五號台……六號台……走來走去，人都累了，十分麻煩，索性關了電視，躺在床上發呆。

忽然想起一位美國社會學者的話，電視遙控器的發明，可能是一種「災禍」，養成人類輕易轉台的習慣：沒始沒終，隨便轉換面對的對象，沒耐性、輕浮——因為太容易了，輕輕動一指，就從心所欲抹掉自己不喜歡的眼前人事景物。

我竟然那麼想念和需要遙控器，是它方便了我，還是馴服了我？社會學者的話打擾了我半夜睡意。

（一九九四年八月十九日）

數碼影像出現後

相傳倉頡初造文字，鬼為夜哭，大概預告了人間從此多事。

二十世紀末，科學家發明了電腦數碼影像，假如當年為文字哭過的鬼還在，相信會哭笑難分，或會膽戰心驚。

信了就會看見，看見了就信，這些話，到今天都已經不能作準。電腦數碼，把一切影像移形換位，真真假假，流暢自然，就在你眼前顯現。

電視上，看到狗兒身上黑斑給汽車速風吹得片片零落，我把製作過程想得很複雜：找來一隻白狗，用黑油塗上斑點，然後一塊一塊擦去，逐格拍攝而成。後來才知道電腦設計、移動滑鼠，就能變成，不必讓狗仔吃塗油擦油之苦。以後，越來越多這類影像玩意。一連串鏡頭，男變女、女變男、老變幼、黑人變白人、歐美人變亞洲人……迅速就在我眼前變變變，變得自然，變得不着痕跡，變得誰也不是誰。我每次看到這個電視廣告，就有點毛骨悚然，寒顫微微泛自心底。世界大同，四海一家，是樂觀想法。可惜，我悲觀的時候太多，人面多變，總教人不安心。

看過《阿甘正傳》的製作過程特輯，阿甘和肯尼迪總統握手場面，原來也是電腦數碼的「傑作」。從前，為了政治需要，在黑房裏把底片修改，本來應在的人物就「失蹤」了。沖曬出來的照片總有點生硬，且常有惹人猜疑的空間。現在數碼科技，就活靈活現，眼睜睜給你看清楚，還有什麼可疑惑的？

沒有可疑卻處處可疑，以後看見什麼都懷疑是真是假，另類的信心危機時代來臨，人們只好調校自己，不再執着真假了。

有一天，鬼來人間捉人，一把拿住，人竟是一隻鬼，來捉人的鬼就嚇「死」了。故：電腦數碼發明後，鬼哭笑難分，每次捉人都膽戰心驚。

（一九九五年五月一日）

網

十多年前，中國詩人寫了一首詩，連題目連內容，只有三個字：網．生活。

無奈、悵惘地寫實，抽象、哲理地寫實。

十多年後，許多人的生活寫照，連題目連內容，只有一個字：網。

http://www.dolphin-synergy.com/

http://www.emilyLau.org.hk/

http://www.Pkware.com/

打開電腦網頁，按下網址，我可以進入虛擬旅程，與海豚址十分親近，我可以看劉慧卿政網，我可以購買所需東西。

看到一個非常驚心的題目。

以後，他們叫做電腦穴居人。

我走到學生聚集的電腦室去——學習他們的生活方式。他們互不相識，偶然就在網上遇上，就此聊上幾個鐘頭。沒有人語，只見許多代號、符號、綽號、中英粵語夾雜的「文句」。他們雙雙進入特別會所，或者別人無法闖入的密室，談他們要談的，也許不是一定要談的，不過大家都無聊寂寞，無聊才上網。

網上，各自設定了自己的身份，我問：你知道他真的如此嗎？個性、興趣、學歷、工作等等？哈，他也不知道我是不是真的如此呀！那你們怎可以就這樣「談」起來了？哈，無所謂啦，大家都在網上，不必計較真假的呀！

你不計較真假嗎？誰管得真假，沒聽過虛擬真實嗎？我們都活在這虛擬世界裏。可以做一切自己想做的，可以隨意進入任何一個伺服系統，可以隨意走出來，不必理會網上人的反應。一切自己作主。現實世界裏，哪有這樣完全？這是網，是生活，是虛擬樂園。

哦！這就是許多人的生活！

（一九九六年十一月二十六日）

感恩與憂慮

捧着一本本用電腦打印的學生功課，編排悅目，圖表都彩色鮮明，我忽然覺得：不可思議。

如果，十年前，有人告訴我，學生交來的功課，印得像一本書。我會說：盼望有朝一日如此，因為中文電腦已經面世，雖然還未流行起來。

如果，二十年前，有人告訴我，學生交來的功課，印得像一本書，我會說：英文寫的，也許能如此。因為我不知道中文電腦在研究設計中。

如果，三十年前，有人告訴我，學生交來的功課，印得像一本書，我會說：你幻想力真強，大概看見我苦着臉，對着如倒亂芽菜的字體發愁，說些有趣話安慰我。

畢竟，這樣幸福的日子，已經來到了！我仍然覺得不可思議。短短不足十年，科技進步，真叫人有點措手不及。

我寫過不少對科技發達的疑慮：人的位置愈來愈「卑微」、缺人情味、失去生之趣等等，有人會以為我是個食古不化、反科學的人。其實，我對無微不至的科技新知，既享受又感恩。衣食住行，哪一樣不是由科技帶來無限的方便？省時省力，許多工具，觸手或遙控，就開動為我們服務。聲貌留痕，描形繪聲，果真「永恆」起來了。每次用電腦、傳真機、長途電話、手提攝錄機我都覺得不可思議，我都萬分感恩。沒想到有生之年，能用上前人做夢也不能夢到的東西，這是真的幸福。

珍惜人類的聰明才智，享用成果，究竟是不是還有辦法，避免情的失衡？大概，不只我一人在如此憂慮。甚麼《心靈雞湯》不是正排在暢銷書榜首嗎？

每經過學生用的電腦室，見一大堆人埋首於機組前，我總難免憂慮，怕心靈虛不受補，雞湯失效。

（一九九六年十二月十日）

我與娜拿的掙扎

一

都是娜拿惹的禍？還是我惹的禍？

累得我整整兩個月，跟她一起給奇異莫名的「命運」操縱着，苦苦在不可預計——卻在別人（？）的預計內碰壁尋索——也不知道自己尋索些甚麼。

夠複雜了罷？還不夠複雜，再說也說不清楚，除非你也在玩《盜墓者》——多周以來排名電子遊戲流行榜首五名的遊戲。

我和娜拿已經困在一個洞穴裏兩個星期了。兩個月來，我們闖過一關又一關，經歷了重重險阻：暗箭、飛斧、豺狼、大熊、恐龍……的襲擊，在水底差點沒頂——看着熒屏上存活氧氣指標快速減弱，我發現自己憋住氣，快窒息了。由於過份驚慌，我指使她亂開槍，浪費了無數子彈。由於估計錯誤，我逼她亂跳亂撞——她碰壁時發出的呼痛聲，我在夢中還隱約聽見。由於我好大喜功，令她無端走了許多冤枉路。由於我貪婪，緊張得不放過任何角落的可疑物體：以為是救命的補給或者寶物。

多少次我望着高牆絕望。爬在懸崖上試圖聳身一跳，又怕下面會出現不可預知的情況，又怕太高會跌死，又怕一旦跳下去回不了頭。多少次我要她放慢腳步，一步一驚心地拐個彎，雙手持槍準備隨時跟突然現身的惡獸拚個死活。多少次我要她用不同姿勢跳躍、翻斛斗、飛撲，只為想尋出一條生路。

在她不斷喘息中，我停下按鍵的手指，也在喘息。我不知道她累不累——她永遠在呼吸急速、胸膛起伏。我很累：控制鍵子的右手手指又麻又痠，雙肩在長時間的緊張收緊下僵硬而痛楚，腰脊因坐得太久沉重下墜。

我們不只困在一個不知前途的死局裏，最恐怖的是：我們失去時間觀念，沒有日子、沒有白天黑夜、沒有時分秒。漫漫長途，熒屏閃出的變化而又固定的色彩，我們算不準過了多少天，多少小時。

二

我一直以為：自己是娜拿的主宰，右手五隻手指，飛快按在僅僅九個鍵上，她就得服從地左右前後挪移，慢行、翻騰、飛撲、蹲下、跳跑⋯⋯加上在水中潛泳。當然，我的手指也正受着我腦袋的指揮。破解、應變、快慢反應，一切盡在我思維中。

有時，我會停下來，沉思下一步驟或對策，她就停定在那裏乾喘氣，等待我的指令。有時，我會跟她開個玩笑，或有意為難。要她朝着牆壁飛撲，撞得她喔喔連聲，或要她雙手抓着崖邊，懸空左右攀移——其實我早知道前無去路，她白費氣力。節奏快慢、方向調校、姿態轉變，盡在我一念之間。

可是，忽然有一天，我發現她竟有些自選動作，連常用的姿勢也改了模樣。最初，我以為自己幾隻手指運用的力度出錯，多試兩三次，她簡直有點炫耀，顯示我非主持大局的掌控者，我給愣住了。不過，通常她仍是個聽令者。

直到有一次，我重複按鍵要她做同一個動作——逃避一隻由右邊衝出來的熊，她竟然並不聽令，做了相反動作。另一次，我要她從瀑布縱身而下，她卻不落入水池裏，而是跌死在旁邊的石地上，(關於她死而復生，下文我自會交代。)還有甚麼力量在指使她？

不，應該說還有甚麼力量在指使我。

這是一個很嚴重的，值得反省的問題。

對了，我和娜拿都是別人主宰着。

遊戲的設計者必然陰陰地在某個地方笑着。他深明人的心理狀態，在我尋不了出路，有點氣餒的時候，適當給予刺激：讓我們遇上一個救急箱、一大盒補充子彈、一把鑰匙，令我們打點精神，再向前走。豺狼、熊人每次出現方向不同，幾乎懂得捉迷藏。

前面的路，我和娜拿都不知道。

遊戲一開始，他就在陰陰地主宰着我們。

(一九九七年十一月五—六日)

誰主浮沉

原來，遊戲一旦開始，我就受人主宰！

愈玩愈感到自己的無能，在困局裏，讓我以為可以主宰的娜拿，團團奔跑。愈玩愈覺得無助，差一點點，就無法逃出去。氣餒得很，總不禁問：為甚麼鬥不過躲在某個地方陰陰笑的設計者？

有人告訴我，已經有了破解方法，你要不要？不要！我理直氣壯拒絕了！要公正、要守遊戲法則、要憑自己實力闖關，否則勝得不光彩。

屢敗屢戰，我不服輸，遂萌生了蠱惑念頭——好聽些是想出策略。遊戲裏有一個設計，把前面已玩的部份儲存起來。開機按鍵，娜拿會在前次順利過關的地方出現。我讓她依循指示前進，萬一遇上危險：雙槍打不過大熊人、潛泳不夠氣趕不及浮出水面、中箭中斧、懸崖失足……不幸她死了——真的，她有聲有色地死畀我睇。我會按一下鍵，關閉了死去一幕，回到儲存部份，重新開始。注意：不是遊戲完畢，而是同一次遊戲的中途開始，我和娜拿沒失去前面所得的一切，她死而復生，我累積經驗，再戰江湖。

這一招儲存，令我放膽讓娜拿冒險，多死幾次也沒關係。這是奸計，嗨！我用奸計，還説理直氣壯、公正？遊戲最易使人露真相。每次用儲存，我都感到設計者在某個角落陰陰笑。可是，這是求生策略啊！我總擺脫了你的主宰了！

正當我沾沾自喜之際，就出現了娜拿不聽令的情況，儘管她死而復生，卻往往做出不同的動作。還有，能不能尋到寶物？開不開得機關？一切我作不了主。前路茫茫，困在洞穴裏兩個星期，我和我主宰着的娜拿，都在陰陰笑的真正主宰玩弄中！

（一九九七年十一月七日）

娜拿的餘波

寫罷玩電腦遊戲經驗記，得來朋輩一些反應，值得記下來——一定要用廣東話寫，才能保持說話「神髓」。

有冇搞錯呀！玩吓電腦遊戲啫，駛唔駛咁多感觸呀？玩都咁沉重，唔怪得你唔肥！

係嚁！我都玩過呢個遊戲，不過，緊張到死，邊得閒好似你咁，諗咁多嘢。你而家講起，又好似幾有道理。

啤！嗰個遊戲唔係咁難啫，畀你講到千山萬水咁，我玩咗一陣就玩完嘞。你老啦，手腳反應唔夠快，認咗佢啦！

哈！估唔到你都玩電腦遊戲架？唔似你啲作風嚁！都幾追得上時代。

嘩，老唔老土啲呀？而家已經興玩3D蜮，娜拿落咗榜好耐咯！不過，娜拿你都玩唔掂，新嗰種3D，你實頭暈。

唉，你唔好學人玩啲咁嘅嘢呀！咁緊張，你心臟又有事，唔受得架，有乜事就唔好啦，顧吓自己至得「假」！

你唔係真係想玩電腦係嘛？係，呢個社會係令人好失望，玩吓電腦，忘記現實，都好。不過，你仲有好多嘢做，唔駛咁逃避吖！冇玩過呢個遊戲嘅人，睇咗你寫三篇嘞，都唔明你講緊乜，寫嚟有乜用啫？

你肯玩吓，當做休息，都幾好。不過，電腦熒光對雙眼唔好嘅噃，唔好玩咁多。

……

一切都是我和娜拿惹出來的話題！

本來，聽了許多話，又生感觸，準備在本文之末作一番理論。可是，這都是十分顯淺的道理，犯不着囉嗦。

作為餘波處理，直記其言，並無沉重，且看我能否因此增肥一兩磅！

（一九九七年十一月十八日）

識字文盲

我識字，我算好學不懈，我極願意努力追上時代，可是，我卻愈來愈知道自己是個「文盲」！

電腦時代已經來臨，往後的日子，恐怕不識電腦就很難生活得順暢。新一代人，幾乎與電腦發展同步，眼快手快，坐在電腦前，手按滑鼠，生命就動起來，我不想落伍，只好努力投入。每天報紙上總有幾頁電腦資訊，有些還出版隨報附送的電腦專刊，還有書店的電腦書刊專櫃，都可找到中文電腦指引。可是，滿頁中英夾雜的「文句」，每個字我都認識，湊成一句、一段，我就是不知所云。

「在這裏，你會見到有可用的com port，你要決定哪個com port在哪個伺服器上，然後按map這鍵，使之產生關連……」這類文字，對我來說，簡直不生任何意義。請位懂電腦的人來指導吧！那更自討苦吃，幾乎懂電腦的人都不是好老師，他們手推滑鼠，熒屏上的游標便飆來飆去，從不理會初學者的眼睛跟不跟得上，口中唸唸有辭，飛快說了許多名詞，不問初學者聽懂與否，一切看了等於白看。

打開報紙，我識字，但還有許多版面的中文字，我讀不懂。馬經，我早已認命是看不懂，近年來，卻愈來愈多看不懂的東西了。股經、車經、音響經、攝錄器材經、夜遊節目經、地產經……甚至連小格廣告，我都看不懂。最近我才知道什麼叫「炒家離場」、「上車首選」。

雖然說做到老學到老，但原來資訊的超速前進，不是說學就可以學得來。從前暗笑老人家怕用速度快的電動扶手梯，是追不上時代步伐。如今，自己也不過五十步笑百步，一切都得認輸！

（一九九七年十二月二十三日）

為《香港文化照相機》寫序

「攝影所再現的，無限中僅曾此一回。它機械化而無意識地重現那再也不能重生的存在；它拍攝的事件從不會脫胎換骨變作他物……」（羅蘭·巴特）

也許，我不該斷章取義地截取了羅蘭·巴特《明室》裏的幾句話，因為他在全書發揮的意念並不在此，但這幾句話，在未有電腦特技竄改照片之前，還是很中用的。

我們曾經萬分感謝，光學科技進步，人類發明了照相機。攝影，在文字以外，真實的為我們留住一瞬即逝的光景，留住記憶。作為記者，林翠芬當然懂得照片的重要性，從這本集子看，也毫無疑問，獲得圖文並存的印象。

過去十多二十年，香港，因了地利人和，迎來了一個多彩的文化浪潮。兩岸、海外文化人，破解重重障阻，在那時此地相遇。本地文化人也因着機緣，聚在一起，做些該做、可做的活動。人和事，機緣巧合，儘管只那麼一閃現，但畢竟真實的存在過。當事人或旁觀者，日後記得住多少，或者渾然忘卻，那都已成歷史。林翠芬就用她無限熱誠，用相機、用文字，把這些文化浪潮記錄下來。

愛丁堡藝術節的一個攝影展會場標題如此寫：「攝影家製造記憶，並引導我們回到過去。」打開這本集子，自然也有這種感覺。

這裏滿是點滴而已逝去的痕跡，人生聚散，是如此真實，卻又無奈，我們能不能在「回到過去」中，省察一點點前瞻的道理？

（一九九九年七月）

香港家書

服老

英雄、名將、美人，跟所有人一樣，除非不幸短命，否則都要過暮年一關。普通人平平凡凡度過青中年，不知不覺步入老年，偶爾看見鏡中自己白髮如雪，也不過忽然泛起一陣逝水年華感嘆罷了。英雄美人就鑄定多一重不許人間見白頭的悲傷。

他們內心如何，旁人不易理解，但跟他們同年代，又同時老去的旁人，卻有着惘然又悚然的滋味。

在熒幕上，加利哥力柏，嘉芙蓮丹露，柯德莉夏萍，蒼老的面容，第一眼看，我真無法接受，印象中形貌與眼前人無法重疊，他們印記着我們年輕的傾慕，他們老去，我們也悚然醒覺自己已不再年輕，惹來的是人老我老的惘然。

美人老去，該如何自處？

晨昏攬鏡自傷？天天穿紅着綠與年輕一輩比個高低？仍作「巧笑倩兮、

美目盼兮」狀以求顛倒眾生……一切都不是，應該是服老——自可擁有一派老的雍容。

柯德莉夏萍就是一個典範。

假如看過她暮年當兒童大使的紀錄片，大概都能理解：老的雍容。她瘦，由年輕瘦到年老，得了癌症後更瘦，但她並不自傷。穿淡素衣服、化淡素的妝，走到受苦兒童群中。滿是皺紋的臉上，沒有「我來施予的」的表情，平平靜靜，卻微帶傷感。她面對鏡頭，謙遜而自信，如一根優美的枝柯。

這樣老，叫人安心。

服老，需要很多的自信，既肯定自己曾經美過，又深信老去也具備無人可比的雍容，她不再用年輕時期的方式來表現自己的能力。

服老，可以柔和臉上的皺紋，可以撫平了傷老的心痕。

（一九九五年五月二日）

香港身世

一九九六年七月三十日，早上，面對電視機，我肅立，香港區旗冉冉在遙遠的地方升起，英國國歌奏出，我心緒淩亂。

李麗珊，為香港爭得第一面奧運金牌！

在這個年頭，在這個時刻，金牌的意義忽然變得奇異而重大。對李麗珊、對長洲人、對香港、對政治、對商業……一切要想得出的複雜想法都可能存在。

不遲不早，合時合候，凸顯了一次強烈的香港身世，真是天意。

「香港運動員不是垃圾！」這句話含着無限悲酸。香港運動員真的不是「垃圾」，而是一向不受重視、自生自滅這一層意思上的「垃圾」，李麗珊的悲喜交集淚水閃出了這一層意思，閃出了：只有自己的努力掙扎以求成功的意義，這是香港身世的寫照。

有人強調：李麗珊是土生土長。有人強調這是香港回歸前最後一面金牌。有人強調這是唯一屬於香港名下的一面金牌。各種說法都隱藏着無數香港身世、處境的潛台詞；同時也使金牌變成一個不同角度的透視鏡——香港，是怎樣子的身世？歷史上、世界上，相信沒有一個地方的人，會遭逢這種刺激和考慮。

作為應有禮儀，我為英國國歌肅立過無數次，但那只是禮儀而已。今回，我為那樂聲肅立，心情卻十分奇異。我究竟為誰而肅立？天祐女皇？香港？算我心胸狹窄，我不能讓自己情緒為英國國歌而激動。

為李麗珊勝利、為香港勝利——一切交疊凌亂。我流淚，但卻不知道為誰，為甚麼事而流。看着李麗珊流淚、記者流淚、友人流淚……聽着李麗珊說肺腑之言、勵志的話，旁述者重複無數遍不必多說的話，香港人激動歡呼。我默默流淚，竟然不知道為甚麼而流淚。

（一九九六年八月一日）

揀一塊磚

民厚里，拆得片瓦不剩。

對香港人來說，民厚里，生不出任何聯想，但對熟悉現代文學的人，特別是現代文學史研究者，就有很重要的意義。

民厚里，在上海，郭沫若、郁達夫，成仿吾、鄭伯奇、王獨清、田漢、施蟄存、戴望舒、曾琦、左舜生、陳獨秀等人都住過。許多現代文學活動在這裏舉行。可是，敵不住城市發展的威力，一聲令下，史跡就此了結。

孔海珠在《上海灘》發表了《告別民厚里》，急壞了史家王觀泉，趕緊去信叫在上海的丁言昭、孔海珠「搶救」——文人無力回天，他只想在工地揀幾塊民厚里的清水牆青磚以留紀念。可是，一切太晚了，一塊不剩。

王觀泉認為那些有「鋼磚」之稱的青磚，足可「呼喚歷史，還可以開發歷史。」上海人應懂做生意，「留下這批磚裝墊上祭紅木座基，配以歷史説明，陳放在文物商店或魯迅紀念館賣物部，不愁沒有顧客」。可惜，這雞毛蒜皮小利，並不引起上海人興趣。只剩下王觀泉動情動氣說：「若我早知要拆毀，拚老命也會籌足旅費和資金去上海民厚里工地揀洋撈……」唉！王先生，遠在東北，急不來，要拚命去幹的事情太多了。

北京，魯迅住過的八道灣十一號舊居，幾經文化人奔走呼籲，才暫且保存下來。還有許多珍貴具紀念、歷史價值的建築，早已在商業大潮澎湃中倒了。上海，生意做得大，民厚里，不是什麼人文景觀，而是地皮一大塊。

在香港，學士台早成華廈，什麼文人步履，誰會理會？羅孚先生擔憂魯迅演講過的青年會的命運，我倒已麻木。不過，王先生提醒了我，日後記住趕去揀一塊紅磚。

（一九九六年十月二十六日）

一九九六年十二月十一日紀事

上午，電視現場直播特區行政首長選舉。

籌委會副主任兼秘書長魯平仔細講出投票辦法：怎樣打開紅色大票封、拿出黃色印有三位候選人名字的選票、怎樣在名字前方格內打勾、又特別提示：不是打叉、怎樣放回封套內、怎樣把繩子扣好。講得又慢又清楚。點票時，出現兩張廢票，鏡頭顯示其中一張，在方格內又是勾又是叉。這張票的主人，不是低能，就是心不在焉，再不就是以廢票表態。

四百個推委，逐個排隊走到票箱前，面對傳媒鏡頭。四百個不同的身體語言，眉目臉容，「全情」投入。誰在票箱前停留多兩三秒鐘、誰眼不望鏡頭、誰雙手畢恭畢敬放入選票、誰若無其事……這是一次極難能可貴的表情檢閱。

上午十一時四十五分，在「中環廣場」通到「新世界酒店」的天橋上，正是對正港灣道的好位置。站滿了人，各類記者配備長鏡頭，還有一堆堆市民，以阿伯為多，組成一個小論壇。一個阿伯，拿着小型收音機貼在耳邊。忽然大聲報道：「董建華一百六十票嘞，吳光正十六票、楊鐵樑十四票咋！」好像講賽馬，很認真不斷報下去，旁人也很樂意有他的現場直播。

港灣道上，仍有人站在消防局前的示威區內。沒有甚麼行動，擴音器傳出不斷人聲，但站在天橋上，大概離得遠，聽不清在說的話，只聽得身旁阿伯說：「冇得爭啦！董建華已經夠二百票啦！」

《大公報》、《東方日報》出號外，一元一份，我買了一份。「董建華當選特區首長，得三二零票大勝。」

（一九九六年十二月十四日）

聲影重溫

原來，我們是這樣走過來的！在聲影閃動中，一頁頁歷史重現。看「完全七十年代：香港廣告經典篇」，有很強烈的重溫歷史感覺，二十多年的生活之路上，我們改變得太多了。

快速的視聽能力，我們不斷受着訓練，習慣而不自知。那些廣告，慢吞吞的、一字一句咬牙切齒地說出來，現在看來，實在覺得慢得太誇張。年輕觀眾哄堂大笑，我不禁想，當年怎麼我們會接受得很理所當然？看慣電子遊戲、電腦的變動速度，年輕人把這種「慢」，看成鬧劇。而我，也覺得「咁慢」。證明，二十多年來，速度，成為生活條件之一，可是，慢，也很舒服，清清楚楚接收了聲影傳遞過來的訊息，留下深刻印象。時至今天，觀眾都不易遺忘，真的成了「經典」。

十九吋電視機、分上下兩格冰箱、流動式冷氣機、手提錄音機……煞有介事地佔有廣告畫面。二十多年，單說電視機，變化簡直不可思議。熒光幕小至一吋，大至三十吋（投射式更大了），連放錄影設備，多樣化的功能……早把十九吋電視機，寫成歷史了。」

二十多年前的髮型、服裝，當時是一種流行時尚，如今，變成年輕觀眾的笑柄。二十多年前的英俊小生，今天，已面目改寫。紅極一時的影視人物，也可能埋名於世界某一角落。波叔，對年輕一輩，顯然陌生了。當然，鍾玲玲是誰？架着眼鏡、一臉自信的是盧國雄，得意妹的作者是王司馬，這些都已成歷史，恐怕在座的九成觀眾不會有任何記憶，但對一個由七十年代走過來的人來說，觸目驚情，忽然一瞬，歷史重現，如夢如幻。

也許，以後重溫歷史易得多，因為錄影機、攝錄機的出現，讓聲影更易留痕。

（一九九六年十二月二十六日）

六十萬人中第四類人

我是六十萬人之一，但不屬於三類人士。

香港人民入境處副處長說：「至目前為止，有六十萬合資格申請英國國民（海外）ＢＮＯ護照的人沒有提出申請」，「他們大多屬於三類人士，包括已移居外地、擁有其他外國護照或不須出外旅行的人士。」

我拿的是香港英國屬土公民護照，ＢＤＴＣ，今年七月一日即告失效——其實今天已失效，因為許多國家的入境申請，規定所持護照要有半年有效期。沒有其他國家護照，不是移民，卻萬分愛好出外旅行，但我沒有申請ＢＮＯ。那就屬於第四類人。

許多朋友知道我沒領ＢＮＯ，都覺得奇怪，當明白我不取的理由後，就認為我「唔化」。

土生土長，拿着香港出世紙，沒有辦法不用英國屬土公民護照，那是歷史遺留下來的無奈。一九九七年七月一日，名正言順，香港擺脱「英國屬土」的身份，為甚麼我還要拿個「英國國民（海外）」的名份？為甚麼還要托庇於英國名下？如果為了方便出外旅行、開會——那麼個人的理由，而要頂着「英國國民」的帽子，我寧願甚麼地方都不去。至於特區護照甚麼時候可到手——申請特區護照是否一如申請香港英國屬土公民護照那般容易？拿特區護照出外，會不會遭到外國拒絕入境？那是另外一回事了，就讓香港特區政府去負責。

有朋友說：特區政府最關心的是拿ＣＩ的人，將來最快給他們特區護照。你既給撥入六十萬人、三類人士當中，大概會在「遺忘」或「隊尾」之列，「有排唔輪到你啦！真係唔化！」

那有甚麼辦法呢？誰叫我是六十萬人中的第四類人？

（一九九七年一月十五日）

丁丑解牛

歲次丁丑，一九九七，屬牛。

《說文》：牛，事也、理也。

《段注》：事也者，謂能事其事也，牛任耕。理也者謂其文理可分析也，庖丁解牛，依乎天理，批大郤，道大窾。

牛，這動物與中國農業社會結下不解之緣。多少年來，與勤懇的中國農民共同走過算不盡的土地。負重耕犂，力強耐苦，無怨無悔。解字的許慎，說「牛」象形，自然易明，但竟再解為「事也理也」，就令人費煞心思。段玉裁為此注釋，現在看起來，未免有點牽強，但細心一想，又恐怕只有這樣解，才對牛表達最深的敬意。

事其事，乃依其專長、能力發展，不外騖，更不強以外行充內行，守本份，牛的本份是耕田，故任耕。

理，其文理可分析。忽然扯到牛的生理結構上去說，也難為段玉裁想到

《莊子》的庖丁解牛故事。牛有牛的身體結構，要去解牠——解，在庖丁來說，是解剖，目無全牛，卻精通「牛理」。順牛的筋骨肉結構紋理，也就是依乎天理，不強逆理，許多事情可以辦妥。沿着空隙處下手，順其文理，不硬碰，如此既不傷刀，又解得全牛，何樂而不為？

許慎段玉裁都借牛說理，大概連牛自己也沒有想過。何故眾多動物中，許段二人偏偏借了「牛」來說「理」？

「馬」與「牛」都是象形字，許氏解馬字，則「怒也武也」，完全依據馬的情狀用處下筆，令人一看即明。說到牛，卻十分抽象。可能，因為一派沉實，任勞任怨，從無突怒奔跑的特徵，正好借來說理，這也正是牛的能事其事的優點。

正臨丁丑，借此解牛，非以庖丁之刀，乃以誠心祝願，解牛者都明牛理。

（一九九七年二月四日）

去開眼界

去郵票展賣會湊熱鬧。

我不是集郵者，但也趁機會開開眼界：難得世界各國郵票聚於一堂，通過郵票，足可認識民族、地理、社會特色等文化，同時也看看真集郵迷、偽集郵者、販賣者的面相。

真集郵迷，中外一理，面對郵票，如狂似醉，在票堆中忘我地發掘。但我相信，世界郵展中，只有香港，才會出現一種奇景：偽集郵者，舉家出動，扶老攜幼，帶備午餐，席地吃罷，再去排隊，購買一人限買多少數量的郵票郵品。阿婆見人多攤位，立刻上前，擠得好位置，見人買她也買，付了款，攤主問她要不要打郵戳，她根本不知道甚麼一回事，連連問道：「乜嘢？」想來是個初入「行」的「炒家」。

「炒」，成了近年香港人生活一部分。炒樓炒股票炒籌，都得較多本錢，發展到炒郵票——特別是九七前、過渡期變化面貌的郵票，少本仍可經營，也可圖個本小利大的機會。

集郵除了興趣嗜好，更可保值，此乃人人都懂的道理。集郵者擁有票，日子久遠，而獲超值得益，也算皇天不負有心人。但最近所見的偽集郵者，幾乎是現買現賣，據說市場不在本港，就算在本港，售票對象也非港人。最大的市場在大陸，一旦涉及香港「回歸」的東西，自然有市有價。

夕陽政府，甚麼都可撈一大筆，這正是公務官員的聰明才智。明明成本不高的塑膠郵筒型錢箱，由初出六十元，一下子陡升到八十元，作成「限量」狀——限量？誰說過會出產多少個？小型張出得不少，仍然表現得十分渴市樣子，做成「執輸」的恐慌。

一家大細，齊齊排隊買郵票，真是郵展奇景，連免費派發、印刷精美的場刊，阿婆都取了十多二十本。你該去開眼界！

（一九九七年二月二十日）

郵展會裏

香港九七郵票展覽會中，各參展國家地區，多方設計賺取集郵者的錢：集郵本、紀念封、各種郵票郵品、明星的、卡通畫、舊信封明信片……任你帶多少錢去，還是不夠用。

我這個去湊熱鬧的人，竟也不能「倖免」。不跟別人擠，只去沒太多人的攤檔，倒也長了見識，例如從不曉得北歐極北北大西洋中有個世界最小的島國，叫法蘿群島，只有人口四萬五千人，除卻了羊外，還擁有驚人數量的藝術家、詩人、小説家，郵票上就印了羊和藝術作品。羊沒甚麼特別，藝術家一個也不認得，只是看看，沒有買。

到了俄羅斯攤位，印刷極精美的前蘇聯郵票，最便宜只賣港幣三元一個，多買還可講價。我細心選擇，買了十六個。分兩個主題：解體前的工農兵及有關列寧事跡，另一個是「太空成就」。其中特別是太空成就部分，由一九六六年首次太空船成功，到一九八〇年，都是極輝煌的紀錄。這使我想起一九八七年初訪蘇聯，在「蘇聯經濟科技展覽館」的太空館中，穹型大廳陳列着的各類太空船、人造衛星，女導遊員十分自信而驕傲地介紹國家如何超過美國。去年夏天再遊時，但見館內全放了二手汽車，大賣特賣日本電器，只剩下大廳盡頭高懸的第一個太空人加加林的照片。消息又傳來，俄國經費不足，無法提供補給及收回在太空中的太空船，使太空人滯留空中，未能及時返回地球。一切光輝，俱往矣，剩下印着CCCP的太空郵票，依舊色彩斑斕。花了四十塊錢，買了下來，作為一個歷史憑證，也很有意義。

整個展會，如果細心看，仍有許多知識可長，只是人太多，他們多不是「看」，而是「搶」——搶着買郵票、貼上、蓋郵戳。偶然有些真正集郵者，也會細細選購，小心貼好。會場中，他們顯得最平靜。

（一九九七年二月二十七日）

生日

母親賜給我生命，說生命是貴重的。每年，無論生活多艱難，都為我慶生辰。

一塊雞肉、一隻雞蛋，是一飲一食的祝福。一群小友到家裏來，吃花生米、紅豆湯，是人緣的聚結。從小，母親簡單鄭重為我做生日，提醒我，到世上來如何走路。

幾十年過去，母親墓木垂拱，生命仍流在我生命裏，我不敢怠慢。有時候，我想到自己也垂垂老去，而沒有把母親的生命延傳到下一代，不禁惴惴不安。

小學二年級那一年生日，母親用毛筆在一張桃紅紙上寫了一句話給我：吟到梅花句亦香。當時我並不明白她的意思。

唸中文系，才知道疏影橫斜，暗香浮動，才知道有林和靖草亭招放鶴，明月種梅花。但如何吟到梅花句亦香？依舊不懂。

吟，自是指文字書寫。句，自是指文字成形。梅花，是書寫對象。香，是一種特質，是一種象徵。慢慢，我試圖解釋讀成，那句話是母親對我的企盼。

吟到梅花句亦香，雖然是良好盼望，但仍有阻障：能力到不了，沒辦法。何況，這句子還可讀到深層諷刺——句亦香，文字誇張虛擬，畢竟到底不是真的梅香。

我有點對文字書寫生了疑心！

八年前開始，我不再為自己做生日。

母親賜給我生命，説生命是貴重的。可是，我看見許多生命沒有受珍重，母親賜予的年輕生命，在硝煙中紛飛消散。相對那些生命來説，我的生命算什麼一回事？我如何吟詠，才可以句亦香？

母親，請原諒我！

在燭光如海中，我許諾我仍不怠慢，珍惜生命，也深盼很快，我會繼續做生日。

［小記］：自一九八九年始，我不再為自己做生日

（一九九七年六月七日）

記那一夜風雨

一向，六七八月，香港就進入風雨季節。但又不是颶風來臨，卻不時「黑色」「紅色雷暴警告生效」。忽來的狂風暴雨行雷閃電，——真的，忽來！事前毫無跡象，一刹那，癲狂的風，猛力扯開鋁窗，把窗簾厚布全吸到窗外，整幢房子前後朝南朝北的窗口，全給扯開，我奔走全屋去關窗子，忽然陷入大自然不可預料的暴怒中，這是我做了幾十年人從未有過的奇怪經驗。

真的，又不是刮颶風，忽然而來，忽然而去，不過幾分鐘，天空就由紊亂暴躁，回復平靜，平靜得像從沒發生過剛才的事，只是柔柔地下着小雨，這是我人生歷程裏，未經歷過的。拿着一大塊毛巾，我應該先抹自己全濕的頭臉手身，還是先抹濕了的窗台、地板？竟然拿不定主意。抬頭看窗外，雨點把別人燈火化得朦朧，攪和得視覺有點蹊蹺。這時候，我才發現自己心率不整，剛才從床上跳起來，跳得太急劇，跟着一連串快速動作，再加天公的暴吼——我一向怕行雷閃電，今回才知道也怕風雨——一九七二年港九山泥崩瀉，時間太久，我忘記了，最近幾年的塌山壓人事件，雖生感慨，但感慨完了又忘記了。記憶真不可靠，自我判斷真不可靠。我的心跳動得太快，快得沒規律，沒規律得有一秒鐘像沒有跳，我按着胸口，感覺着那種非常貼身的悸動——那悸動又熟悉又陌生。

我依然按着胸口，不知道過了多少時間，原來，我沒有抹全濕的頭臉手身，沒有抹窗台地板，只直直的躺在床上。

有沒有入睡？那一夜。我忘記了。

延了好幾天，心還不整地跳動，有時喘不過氣來，終於還是去看醫生。

醫生把了脈，開藥方時喃喃說：「唉！心氣鬱結呀！」

（一九九七年七月十五日）

說劫求福

六畜，人皆可食。我吃雞，也不曾作「君子遠庖廚」的想法。但今回卻有「孽」的罪疚感。

眼看雞屍如山、半死的雞在黑塑膠袋中掙扎抖動，這場劫，真是人間之孽。平日人吃雞劏雞，是按秩序運作。雞瘟也是自然之災，可是，這一次是極粗暴、不假思索的人為處理手法。我忽然覺得：這是劫是孽之外，還隱含着天道示警的徵兆。

現試抄錄古書幾段如下：

雞為積陽，南方之象。（《春秋》）

巽為雞（《易》）：巽於方位表東南）

工商執雞（《周官》）：取其守時而動）

田饒謂魯哀公曰：君不見夫雞乎，首戴冠者文也，足搏距者武也、敵在前敢鬥者勇也，得食相告仁也、守夜不失時者信也，雞有此五德（《韓詩外傳》）

細味上開文字，再想幾天之內，殺雞過百萬隻，未免心寒。地處東南，以工商為務的香港，殺去盈百萬的德禽，是不是可解作：工商不守時而動，社群失去五德？也許有人認為禽流感一旦傳播，危險更大，危及人類生命，二者擇其一，權衡之下，只好以雞為犧牲了。無奈只有慨嘆：天地不仁，以萬物為芻狗。

災劫已成定局，善後工作未知展開多少。順溝渠而下流的雞血，流到何處？堆填區的雞屍是否穩埋不露？腐朽後細菌會變種變型重出為害否？餓狗拉去吃剩的殘肉會不會散落民居角落？從事殺雞的人員心理有無變異……災還未及身的人，有沒有考慮？

人無遠慮，急功近利，在深信業障之餘，也該反省察己，以求多福。話雖老套，但我仍以此為念。新年開筆，說劫為求後福，願香港人遠離魔障，速得圓滿。

（一九九八年一月十二日）

往事

翻閱一九三〇年舊報，在發黃排得密麻麻紙面上，忽然，真是忽然，因為我搜尋的目標不該在那版面上，發現盧冠雄三個字。

遠在我還沒有來這個世界前，那三個字印在報紙上。他在幹甚麼呢？

「孔聖會聖誕紀念會勸捐伸謝名冊」，全是負責拿捐冊去募捐和捐款人的名字。裏面載刊着盧家父子兩代的名字：盧頌舉、盧冠芹、盧冠豪、盧羨卿、還有我父親盧冠雄。

他拿到的捐冊是第九十七號，看來，他並不太熱心勸捐，冊裏只得兩個人，每人捐了五塊錢——三十年代初，五塊錢也不算個小數目，只是兩個捐款者，比起別人捐冊，果然是少了點。看着父親的捐冊名單，不禁笑了，那就是父親的個性。

一九三〇年深秋的日子，不知誰把孔聖紀念的募捐冊交給他——奇怪，從不曉得他與孔聖會有過關係，也沒聽過他提及社會公益——他對我只講過吃喝玩樂：一本正經對着十一二歲的孩子講石塘咀飲花酒、講各家各店的好吃東西、講火燒前的馬棚熱鬧，下班在家就拿着玩具鐵關刀教我打北派……他永遠遊戲人間的個性，誰叫他去負責勸捐？可以想像，他懶懶閒拿着捐冊，等到交卷期限將屆，就找兩個熟人，掏腰包支持。五塊錢，在那時代，連著名的六國飯店客房，也不過六塊錢一天房租的日子，他一定要找兩個朋友，又肯輕易拿得五塊錢的，然後不勸不求，就要人家捐錢，他便交差了。

名單裏的盧羨卿，是盧家那一輩唯一的女兒，是我的姑姐，獨身，梳個像今天最流行的男孩子髮型——當時叫single裝，跟父親最要好，常來我家。她也捐了五塊錢。

在寂靜的閱讀室中，忽然記起往事，竟把我的工作速度減慢了。

（一九九八年一月十六日）

寅說

歲次戊寅。戊，屬土，居五行中央。寅，屬木，虎也。今年屬虎。

日本人十分重視干支生肖，每年都會製作不同質料的生肖像，家家買來擺放，以作祈福，也表提示一年須行的工作態度。例如虎年，應是進取、果敢、忍耐艱難，以俟事機成熟，故必須虎視眈眈。

各種質料中，以泥陶最受歡迎。九州博多人形館就做了一百六十款虎形。排名一號的高二十二釐米，號曰「咆號」。很兇，雙目有怒火，張口咆號，是泥塑家昭滿所作。其餘較小型的雖然都咆號，也許小，沒有那麼「惡」，且題名曰：福虎、開運、壽寅……可是都太寫真，還是不吸引。日本人有些幽默感，全表現在漫畫化、抽象意念中。手繪的虎，隻隻蠢蠢地、傻傻地、笑笑地，很可愛，雖然如此樣貌，有失虎威，但看了叫人想笑。此外，還有趣味干支人形，把老虎製成招財虎、土鈴、鎖匙扣、吊飾……小巧有趣，青年人多買來配在手提包上。

生肖本屬中國信仰，故民間也流行一些工藝。其中以布老虎最流行，黃底是傳統，近年也有改用藍蠟染布的。花紋各有不同，但樣子差不多，買來大小型號，一排安放，就不再多買。此外，陝西、山東的彩泥偶也有虎型。例如陝西民間就流行「掛虎」——通常掛在堂屋正中，鎮宅驅邪、消災保平安。「坐虎」——很人格化，是送給孩子當滿月禮物，所以也有點稚氣和憨態。去年在山東買了一塊素泥掛虎：銅鑼般雙目、兩腮鼓脹雙眉緊皺，真有虎威。買的時候，是敬它民間樸拙工藝，買了回家，卻不敢掛，因為它太惡了。今年還是擺隻傻傻地的熊本彩泥站虎。

（一九九八年一月二十日）

賣去的鐘聲

在遙遠的洛陽，一九九七年的大除夕，迎新的鐘聲，自古老白馬寺響起。

人們虔誠靜聽那雄壯莊嚴禱告，一下一下，許多心裏話要上達天聽。傳統習慣，最後一下鐘聲會停在午夜零時。

這一次，洛陽人驚訝地發現，今年的鐘聲敲早了，早了足足一個鐘頭。人人趕緊校對一家一戶的鐘錶，的確，是早了一個鐘頭。一股疑惑魔幻感覺濃罩着古舊圍城，人們紛紛查詢：究竟發生甚麼事了？

古剎的主持説：今年的鐘聲不再屬於我們的了，去問旅遊局吧。旅遊局？是的，這是現代人想出來的生意經。千年古寺的鐘聲、屬於咱們中國人的古老鐘聲，被旅遊局賣了。賣了多少錢？你先別問，賣給誰？好，你聽了不要生氣。賣給了日本人。

世界上沒有一個國家的人，像日本人那麼熟悉又熱愛我們中國的歷史和風俗的了。他們愛得早把寒山寺的大鐘搬走，還有請去數之不盡的請來文化財。今回，搬不走請不成，只好用錢買。白馬寺大鐘不能買，就買它的聲音吧。投錢敲鐘祈福，世俗所許，我們不必大驚小怪。可是，不要忘記地理學上有時差這一回事。東京和洛陽相差了一小時，日本人出錢買東西，就是顧客，自然可以選擇，他們堅持在東京時間午夜十二時正聽到最後一下鐘聲。於是洛陽人就只好打破傳統，在十一點鐘聽賣了給人家的鐘聲。

且平心靜氣讀下面一段話：「白馬寺鐘聲是省旅遊局和日本一家旅遊社共同開發的旅遊項目，屬於旅遊商品，目標是日本遊客。按雙方協議了，要敲東京時間，這項敲鐘商品只賣給遊客，其他人與此商品無關。」哦！與其他人無關。

那一個除夕，眾多與此無關的洛陽人，竟然平白免費聽了許多鐘聲，揩了人家的油，賺來的還埋怨些甚麼？

賣去的鐘聲，這一段奇妙故事，將來歷史會怎樣寫？以後洛陽人該繼續揩油還是每年除夕，掩着雙耳，做個不佔人家小便宜、有骨氣的中國人？

（一九九八年二月十九日）

天地復仇

人類終於自食其果了！只是好像覺悟的人並不多。

每次在新聞報道中，看見綠色運動或環保運動成員大力推動環保、奮不顧身在大海波濤裏阻擋運核廢料船隻的時候，我總感到他們先覺卻渺小，敵不過為私利而忘人類大害的政策執行者。核爆試驗、太空發射、把各類有害廢料傾倒到別人土地上、大量浪費資源，加上民間的不惜物資、不懂保護自然生態，公私合力不斷向天地反覆折磨、殘害。無限地取自天地的無盡藏，卻無一事以報天地。終於，天地震怒了，老天復仇，威力不同凡響，人們且慢慢吞下苦果吧。

別給甚麼厄爾尼諾現象這些名詞騙了。其實那都是天地復仇的策略。

只要我們細心數數一九九八年一月到四月期間，世界各地發生的不尋常災禍，就足夠明白天地震怒的後果了。不該下雨下雪的地方下大雨大雪，不該熱的地方忽然熱起來、龍捲風、大冰雹、大風沙、大海浪……說到香港，更是切膚之痛。活了一把年紀的人，誰見過這般「世面」：菜雞鴨鵝魚牛，無一不含致命病毒，親手宰殺的雞，血流成河，一夜紅潮，魚屍滿海，各類知名不知名細菌瀰漫於空氣中，人的怪病更聞所未聞。

我們不要怨天地不仁，是人不義在先，天地復仇，無話可說。

（一九九八年五月一日）

舊影朦朧

月來多病，昏昏然、虛虛浮浮，甚麼事也提不起勁去做。朋友剛把整理好的陳年超八小電影轉為錄像盒送來，忍不住開了錄像機，就這樣呆了整個上午。

一九六八年，我剛迷上玩超八。菲林貴得很，還要送去澳洲沖洗，所以「孤寒」無比，至令如今看起來，跳接急劇，加上年久沒有輯理，膠片發潮了，遂令三十年前，筲箕灣嘉諾撒女子中學的青春歲月，竟成了舊影朦朧。

學生一個個自校門走出來，屬於我自己一班的，面孔在鏡頭前閃過，那麼不清楚，我依然可以一一記得她們的名字。下課休息時刻，還那麼用功，在小小操場上，拿着筆記本讀。全校大旅行，竟然在九龍城碼頭集合，規定要穿校服——為了「安全」，裏面加穿運動褲。排隊上車也費了許多時間，我卻攝了好一大段。

那時候，教師們都堪稱青春少艾，旅行玩得瘋狂，原來當年流行玩麻鷹捉雞仔、糖黐豆。體育盧先生專做麻鷹，柯先生跌躺地上，還死命雙手拉着耳朵，朱先生身手敏捷，左閃右避，護住小雞。糖黐豆，我最怕死，永遠緊貼一個人，隨時安全手拉手。師生籃球比賽，平日穿旗袍的都全副武裝上陣。劉麗梅、羅白最勇。鄧綺齡、cat仔跑來跑去，不見有球在手。阿慧把一頭長髮紮成孖辮，出了場學生竟認不出是她。說是比賽，但球在地上，師生一大堆追奪的時間居多。

影像朦朧，記憶清晰如昨。原來一瞬已過三十年了。

（一九九八年五月二日）

敵人何在

江水滔滔！

寫下這四個字，我的感情、思維都沒辦法組織起來。視覺接收的影象，與這淡淡的四個文字，距離得太遠了。

大禹的父親鯀，當年治水不力，給舜殺於羽山。禹子承父責，為司空，三過其門而不入，終能平洪水，分九州。治水，遂成中國歷代治國重點。站在都江堰前，儘管在科技發達的二十世紀，我們仍不得不訝於李冰的智慧。可是，當電視熒屏上景象，一再出現時：洪峰如狼似虎，自上游撲向下游，沿江軍民以血肉之軀，抵抗洪流，肩負各種可以扔入水中的東西去阻擋阻不住的狂流。一個個年輕身體，靠勾連着的雙臂，築起長堤，生死牌——快到公元二千年了，古代的忠心（「遊戲」，竟然還有人「玩」，「人在堤在」），這誓言，天能鑑否？抗不了洪就是狗熊，是誰許下的毒咒？

抗日的八年，呼號「一寸山河一寸血」，如今是一寸河堤一寸血淚，敵人何在？

每逢災禍，我們就會感到中國軍民的可愛與可敬，年老的看透世情，連怨言也不大會説。年輕的人民解放軍，拚命與無火無炮的敵人對抗。敵人何在？

不要全硬算在甚麼厄爾尼諾頭上去。長期的水土流失，不問情由的亂砍樹木，偷工減料的不牢固堤壩，孰令致此？

幾十年前中國人抗洪，幾十年後中國人抗洪，要抗到何年何日？我們必須知道敵人何在！

自南至北，長江黑龍江……滔滔江水，何時平伏？該問天還是問人？

（一九九八年九月三日）

試看日落

你看過香港的日落嗎？我問一個土生土長的年輕香港人。他詫異地看着我。有點冷不提防碰上如此陌生問題。看過嗎？我再追問，他知道躲不了，也知道我是認真的，低下頭來沉思一會說：沒有。

一點不出奇，我也很久沒看日落了。如果不是讀到王安憶寫的《美麗的香港》，差點也忘記了。

香港的日落無比的奇特，一輪巨大的紅日，冉冉地沉入高樓的谷底。當它迅速地沿着摩天的大廈向深淵滾去，你便會看見那樣一個壯觀的瞬間：太陽與大樓並列在晚霞飛舞的天幕，頌歌與悲歌波濤湧起，瞬間變成了永恆。第一顆星星和第一盞燈亮了，天空驀地暗成了深夜。……

年輕人讀着這一段文字，疑惑地搖頭：「是這樣子的嗎？太文藝腔了，有些肉麻。」「你在高樓大廈的縫隙中看過日落嗎？」我追問。「你曾嘗試靜心凝神看過日落五分鐘嗎？」我追問。「沒有。」他顯得有點不耐煩。「既然沒有，你憑什麼說人家文藝腔？懷疑是不是真的，為什麼不先看看？」也許，他很快就忘記了我的追問，也許，他果然去看某一天的日落。答案如何，只有他自己知道。

黃昏時分，大部份的香港人在做什麼？在擾攘馬路上、擠迫公共交通工具裏，匆匆步伐，誰有閒情抬頭看日落？經過一天緊張的謀生，不立刻趕回家的人，可能已躲進昏暗而恆溫的小酒吧，過所謂「快樂時光」。他們還有許多理由沒看過落日，大都市的天空給割切了，逼人生活噬了詩意閒情……誰叫我們活在這樣的城市裏？

人總有理由為自己的錯失作解釋，然後諸多埋怨。我並不想這樣責怪香港人，要責怪的是我們缺乏了一種高質素的文化教育——一種幽雅閒靜的文化素養。我們總有藉口：誰叫我們活在這樣的城市裏。巴黎、東京不也是大都市嗎？人們也十分匆忙，但他們仍舊保持着自己的閒靜素養，儘管東西文化不同，給自己寧靜時刻，靜觀自然變化，卻是相近的。日本明治維新以後，大都市人忽然埋沒在機械文明的狂潮中，教育界深以為憂。終於他們提倡了「每天面對自然五分鐘」，讓大和民族從分秒必爭的繁忙生活裏，超拔出來，靜觀自然，培養沉思默想的習慣。日本人有吵鬧一面，同時也有十分安靜的時刻，相信就是這教育的結果。

心靈有空間，天地萬物才可進入，人才可獲得自在反省的機會。香港人就是缺乏了這種空間，嘈吵、忙碌——不讓自己閒下來，令生活變得煩躁不安。

我們不安。不光是錢的原因，不光是政治、社會問題，而是我們自身的阻障、心靈的阻障，與大自然疏離了。

去看看日落。是不是太幼稚、太簡單了？也許是。但當心靈走到山窮水盡的時候，試試又何妨？

（一九九九年一月）

店的追憶

一個女孩子站在多風的街角，看住幾個四十來五十歲的女性，背着大丸家居廣場的大門，很認真地在拍照。我移動一下位置，看清楚青年人的樣子，十六七歲，淺栗色短髮、超乎常態的厚底方頭鞋，揹着名牌小背囊。

三十多年前……幾個十來二十歲的女孩子，讓我想想，她們該怎麼打扮？紮馬尾還是奧米加裝？喇叭大褲腳還是迷你短裙？咦，我竟然沒法子在腦海中，把那些片段重組起來，日子過得飛快，還是記憶系統不可靠了。算了，先把她們的打扮模糊地隱去。她們是充滿時代氣息的青年，先施永安百貨公司太老氣，連卡佛太高價，大丸，日本味、新型得很，叫大丸，還不夠時髦，叫Daimaru才像樣。店內裝修也十分新穎，純白耀眼，貨品適合年輕人口味，提着印上有點笨重的紅色「大」字的大紙袋，在街上走，該標明一種品味身份。甚麼時候改成綠色的？我看着自己正拿着的塑膠袋，沙沙作響，裏面裝着剛買來的雪人大浴巾——不同款色的雪人浴室用品，早被搶購一空——沒有因結業而大減價，只剩下兩條粉紅色的大浴巾，儘管我不喜歡粉紅色，還是買下來，不知道除了大丸以外，香港還有那間公司，會擺設雪人物品專櫃。……幾個四十來五十歲的女人還在拍照，女孩子不知道甚麼時候走了。

先達、信和的小店開了多少時間？開了又關了，關了又再開新的，女孩子去過哪幾間店買東西，記得它們的店名嗎？流水逝去，三十年後，女孩子會站在甚麼地方，追記一家曾留下青春痕跡的店？

據説大丸的最後一天，沒有搶購的熱烈場面。捨不得的人，不是為了撿便宜貨。去了恐怕為捉住一些記憶而已。大丸有落，小巴的牌號上，還寫「大丸」嗎？也許過一段日子，人們就會忘記了。我望着拆去「大」字的鐵架出神。

（一九九九年一月十二日）

十年暗換

原來，已經十年了。

十年世事紛紛擾擾，香港人各自為自己、為世態奔波。誰家庭苑，花開花落，也只有自家人真心關注。

有人落落寡歡，活在一個雖生猶死的世界。有人隱姓埋名，異鄉飄泊。有人爭名逐利，力爭上游。有人改轅易轍，只求生計無憂。也有人無知無覺，且過日辰。十年原是一瞬，歷史家還來不及寫入史冊，人事已多被遺忘。

當然，也有人毋忘某些人與事，正趁十載時機，從頭組合記憶，掀引出種種紀念。血有血的書寫，淚有淚的書寫。同一件事、同一個人，不同角度取景，便生出許多面貌。到頭來，英雄狗熊，浪漫悲情，原差一線。真相令人失望，虛構令人神往，敘述者多少想像、多少實證，都由看官自我解讀。

人與事，推遠了，也許更客觀地清晰，也許因遠觀而朦朧。在多事多變之際，到了不惑之年，仍多疑惑。及至耳順，耳聞多逆而不順，忽然，驚惶失措，不知人間何世。

悄悄沉思苦憶，一切戲夢人生，已過十年。繁華喧鬧，台上燈光燦爛，也算十年。看官，他日你買票入場，或者擎燭高歌，都看作「隊隊行雲散」好了。

近日重翻宋詞，非為閒愁，只因眼前光景，實在無端令人勞累，不如十年一覺，躲入詞心。

信手抄一闋《望海潮》以代茶香：

梅英疏淡，冰澌溶洩，東風暗換年華，金谷俊遊，銅駝巷陌，新晴細履平沙，長記誤隨車，正絮翻蝶舞，芳思交加，柳下桃蹊，亂分春色到人家。西園夜飲鳴笳，有華燈礙月，飛蓋妨花，蘭苑未空，行人漸老，重來事事堪嗟，煙暝酒旗斜，但倚樓極目，時見棲鴉，無奈歸心，暗隨流水到天涯。

[小記]：匆匆寫下一九八九年的十年後感覺

（一九九九年二月十二日）

敬悼舒巷城先生

你，美麗的蝴蝶
為甚麼離家獨自飛行
離開那草木茂盛的山谷？
我怕你的彩衣尚未褪色時
便憔悴地在市街裏飄落
回去吧，這兒不是你歇息的地方
不要把商店　銀行　電油亭……
錯認作　青松　百合　紫丁香……

《街上的蝴蝶》

重讀舒巷城先生的《都市詩鈔》，作為向一位純粹的香港詩人的致敬和悼念。

舒巷城先生，當然也是一位香港小說家，許多人提起他，必然提到《鯉魚門的霧》、《太陽下山了》等小說，但我更愛讀他的詩。

他是個錯誤地生在這繁囂而造作的都市裏的詩人，對於繁囂和造作，他卻常以一種獨特的態度來對待。

他帶着溫厚的心思、柔和的目光，遊走在一個並不可愛，但他卻不離不棄的都市。筆下滿寫了只有都市才有的污穢與悲情，請勿誤會，寫實主義不一定要揭露甚麼社會黑暗面、控訴甚麼罪惡壓迫。寫實中，充滿了他豐盈的關注與諒解的無奈——這種感情和態度，是十分香港的。「香港的」這個詞雖然有點別扭，也不是我故意避用「本土性」，而是那種感情和感覺，真的只有土生土長的香港人才會具備。同是寫藏污納穢的後街，採景相同，他寫的《妓院街》、《灣仔之西》，與袁水拍的《後街》，就在感情有極大差異了。

他筆下的香港，沒有美化，也沒有醜化，是一個實實在在的香港。他誠心描繪着香港的某些階層的實況，如果真的有點批判意味，那恐怕也不過是源於他的關注。

多少年來，他沉默地生活在這都市裏，也許像他寫的思古先生一般「他生錯了年代」，但他已經盡心紀錄了香港的都市滄桑，舒巷城先生是一位純粹的香港詩人。

（一九九九年四月三十日）

東海故事

東海，匯百川而浩浩湯湯，自有說不完的故事。

*

浪高風急，滄海茫茫。精衛的悲劇，不在作為炎帝之女，溺而不返，而是力有不逮。試遙想：體小質弱，不計行程，往返海天之際，銜西山木石，以填東海，畢竟虛勞。她是向大海挑戰，還是復仇？是免後人溺於海，企盼把海變成淨土？

我們總愛說愚公移山的故事。子又生孫，孫又孫子，天公感其誠，遂派來神仙打救，助成其事。炎帝是司夏之神，其女名叫女娃。竟然溺於海，化為文首白喙赤足的小鳥，天天銜石填東海。父親那麼無能為力，這個神，只能悲嘆欺山莫欺水了。

＊

伯牙子期的故事，傳誦千古，但我更愛伯牙學琴的片段。伯牙有個形神相感的知音，自是難得佳話，不過，他有個苦心相授的老師，卻不是許多人知道。

連成老師眼看弟子完成了三年琴業，技巧掌握得很好，只是精神寂寞，情之專一未能得也，就是差了點甚麼。一天，連成對伯牙說：「我恐再不能教你多一些了。因為我不能移人之情。我的老師在東海中，我們去一趟罷。」一師徒兩人就一起出發，到東海見蓬萊山，連成說要去接老師，把伯牙留在舟中，獨自去了。旬日不返，伯牙心悲，延頸四望，但聞海水汩沒，山林冥，群鳥悲號，仰天嘆曰：先生將移我情。乃援操而作歌，遂為天下妙手。

此際東海，充滿師生之情，瀰漫天人共應，釋放埋在伯牙心中的「情」，有情才見生命，一位偉大藝術家遂告誕生。

一九九九年六月十一日

徬徨

今年二月，寫了一篇《十年暗換》，以為總可提早解開心結，誰料，喧鬧如潮，容不下心如止水。讀書人如我輩，無事可為，惟有多讀書。

首先讀蔡元培一九二〇年寫的《去年五月四日以來的回顧與今後的希望》，讀到：「依我看來，學生對於政治的運動，只是喚醒國民注意；他們運動能收的效果，不過如此，不能再有所增加了；他們的責任已經盡了。……現在學生方面最要緊的是專心研究學問。試問現在一切政治社會的大問題，沒有學問，怎樣解決？……打定主意……專心增進學識，修養道德，鍛鍊身體。如有餘暇，可以服務社會，擔負指導平民的責任，預備將來解決中國的——現在不能解決的——大問題……」果然恰如校長、大教育家的身份。溫柔敦厚很有道理，甚得我心。

再讀魯迅一九三〇年寫的《習慣與改革》，只見他橫眉怒目地說：

「現在不是在書齋中，捧書本高談宗教、法律、文藝、美術……等等的時候了，即使要談論這些，也必須先知道習慣和風俗，而且有正視這些的黑暗面的勇猛和毅力。因為倘看不清，就無從改革。僅大叫未來的光明，其實是欺騙怠慢自己和怠慢聽眾的。」宛如當頭棒喝，忽然一驚。

事相隔十年，兩位青年導師各有說法，儘管說二人個性不同，但都是願作孺子牛的讀書人，他們身處過五四事件，說的必經深思，今天讀來，又各存真理。書齋內外的天地，究竟該如何取捨？唉，如今又添一重心事，不禁徬徨。

（一九九九年六月七日）

石龜故事

朋友以為我很熟悉香港，其實並不是。

從太平山頂下望，那麼多年來，直到今天，我還說不準那一塊是龜石。父親愛講古靈精怪故事——講究嚴謹準確的母親總責怪他「教壞我」，他第一次帶我上山頂去，就講了石龜爬山的故事。小孩子不懂追問，他也只向山下胡亂一指，「呢，嗰塊呀，似唔似呀？」我倒忘記了當時看到什麼。但從此，每逢環山漫步，走到朝北一方，我都會向半山腰尋索在眾石中的那塊龜石。

傳説是這樣的：千年萬代以前，有個不知道是道士還是仙人，對着南方海上小島，下了一道咒語：香爐峰海底，有一隻石龜，每年從海底沿着山腳向島上爬，像沒有速度似的慢慢爬，慢得沒有人察覺。等到它爬到山頂的時候，這個小島就會無聲地沉沒了。

世界上哪個地方沒有神話傳説？好像只是香港特別少——香港，是個拚命向前跑的大城市，棄掉歷史、打破神話、集體迅速失憶……你能講得出多少個屬於香港的神話傳説？我想，石龜爬山，該算一個。

我跟許多香港市民一樣，不知道香港有什麼神話傳説，但卻記住了石龜的故事，而且愈來愈記得清楚。

空氣污染慣了的城市，四周昏濛濛，難得有一天，天空鋼藍一片。我繞着環山小徑走，走到朝北一邊，這裏視野最闊，通常我會停下來，憑着用水泥穩固好的欄杆，遠眺對岸。只見填土黃澄澄，埋沒了稜角分明的海岸線。填海填出了財富，改寫了地圖。沒有考證，今天的小學地理課本裏，還是不是説：維多利亞港，水深港闊。

視線移回腳下，忽然發現，在懸空的小徑對下，竟有一塊石頭，真像伸出頭來的烏龜。我吃了一驚，多少年來，細意尋找，都沒有找着，怎麼今天突現眼前？趕快換了角度仔細再看，卻又不太像。叫身旁友人站在我原來站的位置，問他們看不看見，他們都説只看見一塊大石，不像龜。大概可憐我吃了驚，就安慰我説：「算那真是石龜，離開山頂還有一段距離，何必慌成這個樣子？」

說實話，我真的吃了一驚。沒想過活到一把年紀，竟為石龜故事迷惑了。

（二〇〇一年一月）

話說灣仔

我搬離灣仔二十多年，可是，她仍令我牽腸掛肚，說起來話就多了。

「七千美國水兵湧港」！灣仔，這個瀰漫著蠱惑、肉欲聯想的名字，又湧現在七千個兵哥心頭了。而我只能說，這就是命——灣仔的命中注定，帶了桃花邪運。也許，那是一筆孽債，延綿一個世紀。

那是十九世紀中葉，站在船街朝北街頭，就會面對維多利亞港的海傍。叫船街，就因為可以看見船。回過頭向南山邊望，洪聖廟裏，漁民上岸供奉的香火鼎盛。應該還有一座大王廟，如果不是，怎會在大王東街大王西街？靠近海，來自四海的浪蕩兒，就會上岸腳踏實地，除了酬神感恩的心靈慰藉之外，還得證明肉體的果然存在。船街、石水渠街一帶，女人幹著最古老的行業，跟西環石塘咀的阿姑不一樣，他們享不了十二少的揮金與情義，貧窮的一宵交易，只有骯髒，沒有記憶。

船街在海傍的光景，我沒趕上。以上一切，都單憑文獻紀錄，再添想像得來，但卻足夠證實，灣仔的孽債由來已久。

我出生於灣仔，從懂事開始，看見的海傍，就在告士打道。填海改變了灣仔的地貌，但命，卻沒多大改變。

父親愛到海傍散步，晚飯後，穿上布鞋，「去海皮啦」，父女二人便下樓去閒逛一回。自軒尼詩道轉出柯布連道或菲林明道，總得經過洛克道、謝斐道兩個街口，那一帶都是寧靜民居。到了海傍，店舖沒開幾家，灣仔差館重門莊重，右邊幾戶是小型貨棧，沒人氣。父親會拐向左邊，路過金城戲院、六國飯店。這樣走，必然經盧押道或分域街走回軒尼詩道。這樣走，經過的謝斐道和洛克道，氣氛就很不一樣。舞廳、酒吧、賣些不明所以東西的小店，輝煌不輝煌的開著，紋身店在二樓，溪錢張張自樓上飄下，老女人蹲在坑渠邊燒金銀衣紙，紙灰飛舞如幽魂。幾個年輕妖冶女子站在店前或者梯口，自顧自地談笑。這時候，父親臉上總會泛起奇異的笑容，而我早就懂得緊緊握住父親的手，快走幾步，把他拉離色欲視野。四十年代末，我只是個小學一二年級學生，很乖很純，但父親從不忌諱什麼，在逛街時告訴我許多故事，包括塘西風月和灣仔花事——花事，是男人想出來，做壞事做得心安理得的雅詞，我怎也不能接受。父親還描敘過三年零八個月日佔時代，在洛克道慰安所裏，香港女人的悲慘遭遇。為什麼慰安所又要設在灣仔呢？父親說九龍也有。為什麼香港區要設在灣仔呢？大概因為靠近「鐸也」，那個海軍基地吧。父親最怕我刨根究柢，他必須找個令我信服的答案。

五十年代，國際風雲正緊，香港在遠東地位不尋常，說是水深港闊，各種船艦補給服務周全，英美艦隊到來，原因大方正常。但還有眾不周知的其他原因，美國艦隻來得最多。穿雪白夏服或海軍藍冬服的兵哥，在分域碼頭上岸，就像蝗禍蜂陣，穿插灣仔街頭。他們買醉，醉得昏昏然，他們尋歡，歡得七顛八倒。都該多得那個塑造蘇絲黃的Richard Mason唔少，再加上電影裏關南施的外國人心目中的「中國女人」相，兵哥攬住個中國女人，就以為自己是威廉荷頓，還一生情債。

蝦球在這一帶繞了十幾轉，然後走出告士打道海邊，六姑一手拉住他，教他一句灣仔通行英語，央他幫幫忙，叫他到海邊跟那個半醉的水兵説：

「標蒂夫格爾，温那，端蒂法夫打拉，奧茄？」

我們沒有Richard Mason，卻有黃谷柳。他在《蝦球傳》裏，把灣仔春園街、修頓球場、告士打道一圈風月地細加描繪了。你試猜猜六姑教蝦球的那幾句灣仔通行英語是什麼意思？真可惜黃谷柳不用廣東話記音，寫下來只是洋涇濱，失去本地風味。

五六十年代住在灣仔的良家婦女，確實無奈也無辜，半醉或大醉兵哥，情急性急，不知就裏，不懂門路，往往在路上亂顛狂闖，有時候更會到良家來拍門吵鬧，嚇得女人小孩東躲西避。受過驚恐，到今天，我對水兵仍存反感。奇怪的是記憶中，只有穿雪白夏服還有黑亮皮靴的水兵，卻不記起海軍藍。

不必考究從什麼年代開始，不再看見穿軍服的兵哥在路上走。灣仔又從海奪地，地圖上多添港灣道、會議道、博覽道。政府大樓、各種商廈、酒店、會議展覽中心，都建起來了。政治行政商務進駐灣仔，反過來可以這樣說，中環的行政商務地位給灣仔搶去，有點不服氣，建在灣仔的「中環廣場」命名，很有些醋味的象徵意義。金紫荊、回歸碑，都安放在灣仔海傍，移交大典在那兒舉行，升旗禮在那兒舉行，我還有什麼不放心的？灣仔要脱胎換骨了。

七千沒穿軍服的美國水兵上岸，報上照片，都見他們在灣仔作樂狂歡的樣子。今回，等待着他們的還多了菲籍女人。黃昏時分，灣仔的某些層樓上，還有溪錢飄飛嗎？

在智慧型高科技設計的大廈外，在電腦控制玻璃幕牆閃燈的光華背後，灣仔竟然仍沒法擺脱命中之孽，Vice Returns to Wan Chai！一九七七年有人在西報上慨歎，今日，我也許是過慮了。但誰叫我生於灣仔？

再加一筆：我沒忘記解開謎語，那幾句灣仔通行英語是：漂亮女子，一晚，二十五元，ＯＫ？

想深入了解灣仔身世，請讀施其樂著宋鴻耀譯的《歷史的覺醒——香港社會史論》中的《灣仔：尋求認同》。

（二〇〇〇年三月）